CRYSTAL BUNKO
クリスタル文庫

有田万里

ソウル・トライアングル

目次

カバー&本文イラスト　栗山アニー

第一部

弟の再生

1

失ってみて初めて、存在の大きさがわかる。

紀ノ本篤彦《きのもとあつひこ》にとって、弟の眞斗《まなと》がまさにそれだった。

生まれて二十五年、これほど大きな喪失感にみまわれたことがあっただろうか？　まるで自分の手足をもぎとられた、いや心臓を一摑《ひとつか》みに奪われてしまったかのように、篤彦は何もすることができなくなった。

亡き父の残してくれた診療所の椅子に座り、事務的に整形外科医の仕事をこなしていても、気持ちはどこかに置き去りにされていた。

半年前、眞斗は忽然《こつぜん》とこの世から姿を消し去った。実の母ですら、その瞬間に立ち会えなかった。

海を越えたはるか遠いイングランドの地で、眞斗は十八年の短い命を絶った。遠征先のホテルの一室で、首に巻きつけたスポーツ・タオルをドアノブにひっかけ、ドアに寄りかかるようにして息絶えていたという。

眞斗の遺体は冷凍ボックスに安置され、帰国した。

物いわず横たわった眞斗の姿は、首の回りのどす黒い痣《あざ》がなければ、ただ眠っているかのように安らかに見えた。今にも起き上がり、「なーんちゃって」と舌をだすのではないか。そうしてくれ、嘘だったといってくれ。篤彦の切なる望みも叶わず、その目は二度と開くことはなかった。

気力だけでマスコミの取材をやり過ごし、葬儀と納骨を済ませ、ようやく誰にも干渉されなくなった今になっても、篤彦には眞斗の死を受け入れることができずにいた。むしろ時間の経過とともに、篤彦の胸に芽生えた疑惑は大きくなっていった。

眞斗が自ら死を選ぶはずがない。そんな馬鹿なことがあってたまるか。


「それが事実なら、原因はいったいなんだったたんだ？」

「そりゃあ…本人しかわからない悩みもあったんじゃないか」

国枝良昭《くにえだよしあき》は、言葉と同じくらい慎重に、篤彦のグラスにビールを注《そそ》いだ。

大学時代の親友と、こうして酒を酌《く》み交わす機会も、眞斗の死後初めてのことだった。

「ないね。悩みがあれば、まずオレに打ちあけたはずだ」

「もう思いつめるなって。今夜はお前に羽目を外させるために呼びだしたんだぜ」

ことさらに明るくかわそうとする良昭に、篤彦は笑顔を返すことはできなかった。

仕方ねえな。本腰を入れてつき合う覚悟を決め、良昭は崩した膝を起こした。

「いくらお前が優秀な専属ドクターだとしても だな、あの子のプレーヤーとしての悩みまで理解してやれないさ」

わかってないのはお前だ、篤彦はいいたかった。オレは眞斗の体調だけに留意していたワケじゃない。メンタル面でもしっかり支えていたんだ。

眞斗は天性のテニス・プレーヤーだった。五歳の時、篤彦の家にその母親の咲子《さきこ》と共に迎えられた時から、実の父親の血筋はすでに証明されていた。あの子の小さな右親指の付け根には、立派なグリップだこが生じていた。

幼くして母を失った十二歳の篤彦が、父親の再婚を快《こころよ》く受け入れられたのも、若く美しい新しい母以上に、一人っ子の自分に弟ができる喜びが大きかったからだ。

眞斗の実の父親は、プロ・テニス・プレーヤーとしては大成しなかったが、コーチとしては一流だった。

眞斗は物心つく頃からラケットを握らされ、完璧なスタイルを身につけていた。両親の離婚後も、己の進むべき道をまっすぐに進み、その母にも新しい幸福をもたらした。

篤彦の父が咲子と出会えたのも、眞斗の肘《ひじ》が炎症を起こしたおかげだった。来診した母《おや》子《こ》と接しているうちに、二つの家族はお互いの隙間を埋めるように打ちとけていった。

男二人の侘《わび》しかった住まいは、すぐににぎやかで笑いの絶えない家庭に変化した。

一年前に父が他界してからも、咲子と眞斗は篤彦にはかけがえのない家族だった。

眞斗は今春高校を卒業し、プロの選手として順風満帆のデビューを飾った。国際的ジュニア・トーナメントで好成績を残したことで、早くも大きな注目を集めていた。

世界に通用するサーブのスピードとドロップ・ショットの鋭さはもちろん、ハーフだった父親ゆずりのプロポーションと彫《ほ》りの深い容姿は、新しいスターの誕生を予感させた。

眞斗の出場するトーナメントは、いつも女性客の黄色い歓声に溢《あふ》れていた。

「眞斗君の悲劇は人気が先行し過ぎたことさ。まだ四大タイトルに挑戦する前から、あれほど騒がれたら、プレッシャーに押しつぶされたって無理ないさ」

「お前も、マスコミと同じ論調か」

居酒屋の喧騒《けんそう》に眉をひそめつつ、篤彦はひと息でグラスを空《あ》けた。

「眞斗には、そんなプレッシャーは全然なかったぜ」

「ま…かなりの自信家ではあったけどな」

当時の眞斗を思い浮かべて、国枝もしみじみと苦笑した。

「だろ？　あいつは超のつくナルシストだった。騒がれれば騒がれるほど、燃えるタイプだったよ」

どんな大きなタイトルでも奪《と》ってみせる。そう豪語して、眞斗は意気揚々と初の海外遠征に旅立っていった。その鼻柱をへし折られるほどのダメージを受ける試合も、まだ体験してはいなかったのだ。

「誰かの恨《うら》みを買うなら、大いにありえるけどな」

「お前、まだ他殺の線を疑ってるのか？」

国枝は探るような目で、おずおずと訊ねた。

「なんの証拠もなかったんだろ？」

イギリスの警察も、現地にいた日本人の検察医も、その可能性を否定した。しかし、物ごとはそんなに単純に割りきれるものではない。

「自殺の証拠もな」

誰よりも眞斗を知っている自分には、自殺の検死報告はナンセンスのひと言だった。

二度三度と現地におもむき、ツアーの関係者にも探りを入れてみたが、眞斗の言動におかしな兆候《ちょうこう》を見た者は誰一人いなかった。

「匂うんだよ、何か。真相を隠している奴がいる、闇に葬《ほうむ》ろうとしてる奴が絶対どこかにいるって――」

「それをつきとめれば、お前の気は晴れるのか？」

国枝の目は、篤彦の執着を暗に咎《とが》めていた。そんなことをしてなんになる？　眞斗君が帰ってくるワケじゃなしというように。

「わからん……」

篤彦は視線を逸《そ》らしてうつむいた。

「少なくとも、安眠できるようにはなるだろうな」

重苦しい空気を正すように、国枝は大げさなため息をついてみせた。

「願《がん》でもかけてみるか？」

「ああ。こうなったら、非科学的だろうがなんだろうが構わないよ」

ささやかな笑みを返して、篤彦は親友のグラスにビールをつぎ足した。

「霊媒師に頼めよ。直《ちょく》に呼びだして訊《き》いてみりゃいい」

「ホントにそんなことが可能ならな……」

国枝は赤くなった頬を弛《ゆる》めて、ほがらかに笑った。

「気休めだっていいじゃん、お前がそれで満足すれば」

大ざっぱに推めるのも、自分を元気づけたい友情の現れだろう。それと悟って、篤彦は「そうだな」と頷いた。そして、眞斗の話題を打ちきることにした。


紀ノ本クリニックの受付には、咲子がぼんやりと座っていた。

日に日に冬枯れていく外の景色をガラス越しに眺めて、彼女はしきりにやるせないため息を洩らした。その様子を横目に伺って、篤彦もまた怠惰《たいだ》な午後を過ごしていた。

主《あるじ》の無気力を反映してか、最近は患者の数もめっきり少なくなった。午前に数人、午後三時からの診療にも、常連ともいえる老人がぽつぽつとマッサージに訪れるだけだった。

眞斗の専任トレーナーをしていた頃は、あれほど忙しかったのに。

「予約がなければ、五時に閉めてもいいよ」

声をかけると、咲子はものうげに顔を振り向け、わずかな笑みを作った。

「そう？　じゃあ買い物に行ってくるわ。今夜、何が食べたい？」

「なんでも」

愛想のない返事にも慣れっこになっているのか、彼女は静かに椅子を立って白い制服を脱いだ。

咲子は気丈な女性だった。たった一人の実の息子を失い、その悲しみははかり知れなかったが、ひと月も過ぎる頃から自らを奮い立たせ、率先して診療所を再開し、篤彦を勇気づけた。

「再婚して本当によかったわ。息子がもう一人いてくれるんだから」

他人にも篤彦にもそういって、明るくふるまう姿は傍目《はため》にも健気《けなげ》で、篤彦の胸をより痛ませた。オレが代わりに逝《い》っていれば——篤彦はいく度となく思った。今、ここにいるのが眞斗だったら、彼女のため息の数もはるかに少なかっただろう。

診療所の奥の座敷で電話が鳴り、咲子はスリッパを脱ぎ、足早に母屋に向かった。

そこには血のつながらない位牌《いはい》が三つ並んだ、仏壇が置かれていた。ひときわ新しく真っ白な位牌が目を引き、前途に満ちた若い遺影が痛々しかった。

残されたのは、母子であって他人の二人であった。失った者たちの大きさが、より二人の絆《きずな》を強め、互いを思いやる気持ちを育《はぐく》んでいた。

「これから？　でも…急にいわれても困るわ。篤彦君の都合もあるし…」

咲子の口調から、電話の相手が先夫の岡崎《おかざき》であることがすぐに知れた。

眞斗の急な死で、失意のどん底にあった母子を尻目に、葬儀をとり仕切ってくれたのは、眞斗の実の父親でもあるテッド岡崎だった。眞斗の死は彼にとっても大きなショックに違いなかったが、五歳から父親業を廃業していた分、感傷は少なく見えた。

あれ以来、ちょくちょく咲子に電話をかけてくる。そのことも、篤彦にはむしろ好ましいことに思えた。岡崎は自他ともに認めるプレイボーイだったが、咲子と離婚後、再婚はしていない。ヨリが戻ったとしても、快く祝福してやりたかった。

「いいよ、でかけてくれば。オレは一人で何とかするから」

茶の間に顔をだして呼びかけると、咲子は露骨にしかめっ面を作った。

「そうお？　悪いわね、もー強引なんだからテッドは」

その頬がほんのり染まっているのを見て、篤彦の口許もひとりでに弛んだ。

電話を切ると、咲子はにわかに慌ただしく身支度にとりかかった。

「ごめんなさいね。何か用意していきましょうか？　それともお寿司でもとる？」

「いいよ、いいよ。一食ぐらいカップ・ラーメンでも」

「ホント嫌んなっちゃう。急にコンサートのチケットがあるから、なんていわれたって、はい、そうですかって行けると思ってんのかしら」

などと愚痴りながらも、全身はいそいそと弾んでいる。久々にメークを施《ほどこ》し、外出用のスーツに着替えた姿は、篤彦にも眩《まぶ》しく若やいで映った。

「きれいだよ、ママ」

「もーっ、大人をからかうもんじゃないわよ。じゃあ、なるべく早く帰るから」

「ゆっくりしてきなよ。なんなら外泊してくれば？」

「こら」と目だけで睨みつけると、咲子はスカートの裾をひるがえして、母屋を後にした。

篤彦はヤカンを火にかけ、戸棚からカップ・ラーメンをとりだすと、キッチン・テーブルの椅子に腰かけた。静けさの中にとり残され、お湯の沸く音だけが響き渡っている。

篤彦の向かいが、眞斗の定番の席だった。いつも「腹減った、腹減った」を連発しながら帰ってきては、その場所に陣どって大盛りのカップ・ラーメンをすすっていた。

身体に悪いから食うなと、いくらいってもきかなかった。専任トレーナーの忠告も、母親の小言も、いつもあっさり無邪気にやり過ごす術《すべ》をもっていた。

「ダメだよ、ママ。テッドになんか会ったら――」

父の死後、久々に岡崎から電話があった時、眞斗はいつになく咲子につっかかっていた。

「ママは、今でも紀ノ本のパパの奥さんなんだから。あんな奴とデートすんの反則だよ」

ズルズルとラーメンをすすりながら、ふてくされていたのを、篤彦は昨日のことのように思いだした。浮気三昧《ざんまい》で母を泣かせ、自分を捨てた父への恨みもあったのかもしれないが、眞斗は岡崎には、ことさらに手厳しかった。

「他の女に相手にされなくなったからって、勝手な時だけ呼びだすなっての。ねー、篤ちゃん」

上目遣いに同意を求められても、篤彦は苦笑するしかなかった。

「別に…いいんじゃないの。ママはまだ若いしきれいなんだから、どんどん外へでて、誰とでもつき合えば」

「なんで、そーゆうことというかなあ」

眞斗はブラウンがかった大きな目で篤彦を睨みつけた。

「ダメ。篤ちゃんが許しても、テッドだけはオレ、絶対許さないからね」

眞斗は篤彦を「兄さん」「兄貴」とは呼ばなかった。五歳の頃からずっと「篤ちゃん」オンリーだった。七歳年下の弟のタメ口を、篤彦はどこかくすぐったい思いで聴いていた。

「そういうけど、マナは最近ますますテッドに似てきたわよ」

咲子の容赦のない反撃に、眞斗は憤慨し、「絶対に似てない」と抵抗した。

「あーら、顔も体格もそっくりじゃない、自分勝手なトコも――」

「うん、筋肉のつき方もよく似てる。フット・ワークも」

篤彦が同意すると、眞斗はますますムキになった。

「オレはあんなにデブじゃないっ！　あんなに鈍くないっ！」

「若い頃はテッドもスマートで身軽だったのよ。だから、貴男《あなた》と同じくらいモテてたし……」

「手も早かった、と」

「うるせえよっ!!」

眞斗は癇癪《かんしやく》を起こし、空《から》のカップ麺を放りだして、キッチンをでていった。篤彦は咲子と顔を見合わせて笑った。

あの賑やかな空間が嘘のように、キッチンは寒々しい静寂《せいじやく》に包まれていた。

とっくに三分を過ぎたカップをひき寄せて、篤彦は延びきった麺をすすった。

気がつけば、テーブル・カバーもカーテンもすっかり色あせていた。

何もかもぼやけて見えるのが、湯気のせいなのか涙のせいなのか、篤彦にはわからなかった。

2

診療室の電話が鳴った。

一瞬無視しようかとも思ったが、他にすることもないと知り、篤彦はキッチンをでて、診療室のデスクに向かった。

「紀ノ本クリニックです。本日の診療は終了しました。予約の方は明日の午前中に――」

事務的に伝える声に、元気な声が被《かぶ》さった。

「バカ、オレだよ」

「なんだ、国枝か。なんで自宅《うち》の方にかけないんだよ？」

「ママさんに聴かれないい方がいいかと思ってさ」

意味深にひそめた声が、かすかに弾んでいる。

「留守だよ、テッドとデートだってさ」

「そりゃよかった。彼女の方が立ちなおりが早いみたいだな」

「るせえな、なんの用だよ？」

「お前、こないだいったことマジだろうな？」

問いただされて、篤彦は重い頭を巡らせた。一緒に飲みにでかけた晩から、一週間とたっていなかったが、自分が何を話したかさえ忘れている。

「霊媒でも超能力者でも頼りにするって、いっただろ」

篤彦の沈黙に業《ごう》を煮やして、国枝は口火を切った。

「ああ…そんなこと、いったかな」

「ちっ、アテになんねえな。せっかくすげえ霊媒師を見つけてやったのに」

「すげえ霊媒師って、なんだよそれ？」

「オレの叔母の知り合いの話なんだけどさ。やっぱ息子を交通事故で失って、お前みたいに悩んだ末に、人づてに聴いた評判の霊媒師のところへ行ったんだってよ。そしたら、憑《つ》き物が下りたみたいに、たちまち元気になったっていうんだな」

なんだかうさん臭いな……篤彦は露骨に怠惰な息を吐いた。

「オレに恐山《おそれざん》まで行けってのか？」

「そんな遠くねえよ。世田谷区在住だから、お前んトコと目と鼻の先だろ」

「はー…都会のイタコね、えらくお手軽な霊媒らしいな」

「あっ、そう」

とたんに国枝の声は裏返った。

「そういう態度なら、もういいワ。お前がどよーんとして、ダラダラ愚痴ばっかこぼしてっから、なんとか力になってやろうと思ったけど、よけいなお節介だったな。んじゃ」

「まっ、待て、切るなよ」

篤彦は慌ててとりなした。確かにオレの応対はよくなかった、ただちに反省した。

「悪かった、いろいろ心配してくれて恩に着るよ」

「まあ…お前の悩みもわからないでもねえしな。とにかく、話だけでも聴けよ。行くか行

かないかは、お前次第だからさ」

国枝はすぐに軟化して、〝評判の霊媒師〟についての情報を語り始めた。

「霊媒師っていっても、年寄りじゃなくて、まだ若い奴らしいんだ。それも、どんな霊でも呼びだせるワケじゃなくて、条件つきだ。死亡年齢二十二歳まで、男性に限る――」

どうだ、バッチリだろう。といわれても、篤彦は素直に喜べなかった。

「呼びだせる霊に限界があるってこと？」

「さあ、くわしくは知らねえけど、交信できる範囲があるみたいだぜ」

なんだ、そりゃ？と思ったが、また国枝を怒らせたくないので、篤彦は黙っていた。

「まず初めに依頼人と面接して、呼びだせるかどうかテストするんだってよ」

「テストに合格すれば、必ず呼びだしてくれるのか？」

「ああ。中にはすでに成仏しちゃって、絶対でて来たがらない霊もあるっていうけどな。まあ、眞斗君ならお前が呼べば喜んででてくるんじゃないか」

キャバレーのホステスじゃあるまいし。呼ばれて飛びでてジャジャジャジャーンてか？思わず古いアニメのフレーズが浮かび、篤彦は苦笑した。

「とにかく、でてきた霊は間違いなく本人だったって、体験者がみんな太鼓判を押してるんだ。身内しか知らないことまで話すってんだから」

「だけど…そんなに評判の霊媒師なら、当然マスコミがほっとかないだろ」

「いや」と、国枝はやけにきっぱり否定した。

「看板は一切だしてないんだ、口コミで伝わってるだけで。だから、紹介者を介さないと面接できないシステムでね。興味本位で取材に来る輩《やから》はすべて門前払いされるらしい」

うさん臭い商法ではない、といいたいのだろうが、どのみち、金をとる以上商売には違いない。診療所の経営状態を考えると、慎重にならざるを得なかった。

「そうなると、霊媒料…っていうのか？　さぞ高いんだろうな」

「やっと、その気になってきたな」

国枝は楽しそうに笑った。

「料金は面接にパスしてからの話だってよ。それまでは一銭もかからんから安心しろ」

「お見積もりだけなら、無料ですってことか」

厭味《いやみ》をいっても、国枝は「その通り」と快活《かいかつ》に笑いとばした。

「いくらかかるかまでは聞いてねえけど、叔母さんの知り合いもそれほど金持ちってワケじゃなかったし、そこそこ明朗会計なんじゃねえの」

それなら、試してみる価値はあるかも。篤彦は自分の気持ちがどんどん傾いていくのを感じていた。本当に信憑性のある霊に会えるなら、インチキだって構わない。眞斗に近いものと会話できれば——いっ時でも、この苦しみから開放されるかもしれない。

「なあ紀ノ本、オレも実際は信じちゃいないんだよ。だけど、みんな多かれ少なかれ元気をとり戻してるんだ。暗示に過ぎなくても、お前がそれで救われるならいいじゃねえか」

親友の言葉に、篤彦は「うん」と強く頷いた。

「オレもそう思う。行ってみるよ、そこに」

「じゃあ、叔母さんに頼んで紹介状貰ってやるよ。予約が多いらしいから、すぐってワケにゃいかんかもしれねえけど」

「いいよ、何ヵ月でも待つよ。よろしく頼む」

「なんだか声に張りがでてきたぞ」

「ああ。お前のおかげで、少し元気が湧いた」

ありがとう。心から伝えると、国枝は照れたように「よせやい」と笑った。

「お前が落ちこんでると、酒がマズくてかなわねえからさ」

久々に他人の言葉が素直に胸に染みた。先刻までの孤独感は潮が引くように消えていた。


それから二週間後、篤彦には意外なほど早く、国枝から先方の指定日時を記《しる》した手紙と地図が届いた。〝紹介状——田辺《たなべ》スミ江《え》〟と楷書《かいしょ》で重々しく筆書きされた封筒も同封されていた。

月曜日の午後四時。いわれた通りの時刻に、篤彦は診療を早めに切りあげ、咲子にも外出先を告げずに目的の場所へと向かった。世田谷区A町、神代《かみしろ》邸と描かれた地図を片手に。

しょせん気休め、どうせインチキに決まってる。タカをくくる反面、面接にパスしなかったらどうしようという矛盾した不安が、篤彦の胸でせめぎ合っていた。

閑静な住宅地を抜けて、しばらく歩くと小さなお寺が見えてきた。あの辺だろうと勘を頼りに進むと、道を一本間違えていた。だいたいお寺に個人の表札がかかっているはずもない。うら寂しい雰囲気だけで当たりをつけたのが間違いだった。

地域の住民らしき主婦に地図を見せて尋ねたところ、「ああ神代さんね、あそこの角を曲がって三軒目」と、打てば響くような答が返ってきた。また霊媒の客が来たぐらいに思っているのだろう。含み笑いに見送られ、篤彦はなかば暗澹《あんたん》たる気分で示された道に折れた。

開けたばかりの土地なのか、そこは驚くほど新興住宅地然とした様相を呈していた。道筋には住宅展示場もどきの、○○ホーム、××ハウスといった類《たぐい》の、良くいえば現代風、悪くいえばお安い一戸建てばかりがずらりと並んでいる。三軒目の家は、真っ白なブロック塀に囲まれた典型的な二世帯住宅だった。古めかしい日本家屋に重厚な門構えを予想していた篤彦は、神代邸のあまりの軽薄さに、まず拍子抜けした。コルク・ボードに〝KAMISIRO〟とローマ字の型をくっつけただけの表札からして人を喰っている。

こんな家に、霊験あらたかな人物が暮らしているとは、にわかには信じがたかった。

とはいっても、ここまで来て回れ右するのも悔しい。白け気分を追いやって、篤彦は門柱のチャイムを押した。インターホンから、男の声が「どちら様ですか？」と流れてきた。

「四時に予約しました紀ノ本です。田辺さんのご紹介で——」

「受けたまわっております」

外観とは不釣り合いに、堅苦しい声が返ってきた。

しばらくして、板チョコを縦にしたようなドアから、背広姿の長身の男が現れた。黒々とした髪を、真ん中で筋を引いたようにきっちり分けた下には、年齢の読めないいつるりとした顔があった。男はニコリともせずに、スチール製のフェンスを開き、篤彦を招き入れた。紹介状を差しだすと、男は軽く一礼してそれを胸ポケットにしまった。

「恐縮ですが、こちらからお回り下さい」

男は玄関ではなく、猫の額《ひたい》ほどの庭先に篤彦を誘導した。南天や紅梅等のちまちました木がささやかに植えられた庭に面して、待合室らしきガラス戸の応接間が見えた。すでに何人かの客が待機しているようだった。

「今しばらくここでお待ちを」

いい残して、男は去っていった。

篤彦はブロックを並べただけの沓脱《くつぬ》ぎで靴を脱ぎ、庭から応接間に入った。

向かい合ったソファーに腰かけた四人の客が、いっせいに身を屈めてお辞儀をした。

慌てて礼を返してから、篤彦は庭に面した場所に腰かけた。前には、夫婦とおぼしき高齢の男女と、水商売風の女性が座り、篤彦の隣には頭の剝げた五十がらみの小太りの男がいた。誰もが苦痛に満ちた顔をうつむけ、無言のまま時を待っていた。隠しきれない失意と痛み、ひと握りの期待が同居した顔は、同じ悩みを共有する同志のものだった。

　篤彦は居たたまれない気分になった。同じ日の同じ時刻に、死者を諦めきれない者が五人、一堂に会している。この派手派手しい花柄のソファーは、いったい今までどれほどの悲しみを染みこませてきたのだろう。部屋の隅に置かれたピカピカのピアノや、その上に誇らしげに飾られた、にせ物臭いマイセンの飾り物が、この家の主の悪意を象徴しているかに見えた。

　すべてがどぎついほど明るい色で飾られ、訪れる者のうちひしがれた姿とはあまりにかけ離れている。その無神経さに腹立ち、篤彦の胸は熱くなった。

　やはり来るべきではなかった。帰るべきか、と思った矢先、ドアが開き、色白の豊満な女性がトレーを手に入ってきた。またしても、いっせいに無言のお辞儀。

「イヅル様はじきに戻られますので、もうしばらくお待ち下さいね」

　愛想笑いをくれる顔は、目一杯化粧を施しても優に四十を超えていた。室内に負けじと派手な柄物のワンピースを着て、真っ赤な口紅がのぞいた前歯にもくっついている。彼女は太った身体を屈め、篤彦の前に茶托《ちゃたく》を置いて立ち去った。

　よくよく神経に触る家だ。篤彦はうんざりしながら出涸《でが》らしのお茶をすすった。

イヅル様というのが、くだんの霊媒師なのか？　今この家にはいないということは、出張霊媒でもやってるのか。指定された時間に来て待たされ、その上順番待ちとは。待ったところで、今日は面接だけなのだ。眞斗には会えない。

篤彦は自分の失望に驚いた。お前はまだ期待しているのか？　こんな安っぽい家のチャラチャラした空間で、本当に眞斗の霊に会えると信じているのか。

ブロック塀の向こうから、キッという金属的なブレーキの音が響いた。

そこにいた全員が右向け右で目を向けると、自転車を押しながら不自由な態勢でフェンスの中に入ってくる男の子の姿が見えた。詰め襟の黒い学生服を着て、一見したところ普通の高校生だった。

さっきのオバサンの息子か。それとも――？　まさかと思った時、先刻の真ん中分けの男が現れ、少年の手から自転車を受けとった。

男が二、三言何か囁くと、少年はウンザリ顔で唇をひん曲げ、篤彦の視界から消え去った。

すぐに威勢よくドアの閉まる音が響き、廊下を走るバタバタという音が聴こえてきた。

「腹減ったよお。ママー、なんかない？」

「ダメよ、お客様がお待ちなんだから。食べてるヒマなんかないでしょ」

太った女の声が応答した。応接室のドア越しに、二人の声は筒抜けだった。

「いいじゃん、あと五分くらい待ってもらってよ。ねえ、肉マン残ってなかったっけ？」

「あれ、ママ食べちゃったわよ。しょうがないわねえ、じゃあお持たせの羊羹《ようかん》があるから
あれ切ったげる」

「羊羹？　ちぇー、ケーキとか持ってきた人いないの？」

「うちが持ってきた羊羹だわ…」

篤彦の前にいた老婦人がうつむいたまま呟いた。それを合図に、待合室の張りつめた空
気がにわかに弛み、ただならない気配が漂いはじめた。

「あなた、イヅル様って、ひょっとして今帰ってきた…？」

「さ、さあ」と頼りにならない言葉を返す夫に代わって、篤彦は頷いてみせた。

そうだ、間違いない。あのガキがイヅル様だ。あの母親は、こともあろうに自分の息子
を〝様つき〟で客にアピールしてるってワケだ。

「信じられん！　まだ子供じゃないか」

篤彦の隣の禿頭が、地声を張り上げた。

「悪徳商法もいいとこだ！　そう思いませんか？」

「しかし、紹介して下さった方のお話では…」

夫婦ものの夫の方が弱々しく切り返した。

「斡旋《あっせん》料を貰っとるんですよ、そうに決まっとる！」

「あんな子供に…うちのマー君の霊が呼べるはずないわ…」

緊張の糸が切れたのか、不意に水商売風の女性が、すすり泣きを始めた。

「肉マンだ、ケーキだって…なんなのあれ。うちの子はもう何も食べられないのに…」

「そうですよ、まったくもってけしからん！」

禿頭は憤然と立ちあがり、声高に宣言した。

「帰りましょう、皆さん！　我々は騙《だま》されとるんです！」

「そうよ、あなた。私たち、弱みにつけこまれてるのよ」

「いや…だが、そう決めつけたものでも…」

老婦人は渋る夫の腕を摑み、ぐいぐいと引っぱった。

「帰りましょう、こんなことに大事な年金を吸いとられてどうするの」

二人が腰を上げると、泣いていた女性もよろめきながら後に続いた。

「お若い方、あなたも騙されないうちに帰った方が身のためですぞ」

禿頭に促《うなが》されても、なぜか篤彦の足は固まったままだった。

おかしい——最前からずっと何かが引っかかっている。こんなにわかりやすいオチがあるだろうか？　悪徳商法なら、もっとそれらしい演出をしてもいいはずなのに。

「一応、面接だけ受けてみます」

禿頭はやれやれと首を振って、沓脱ぎに足を下ろした。

「若いね、若すぎる。気の毒に……」

ハナから騙されることは覚悟していた。またたく間に一人とり残された部屋で、篤彦は自分を奮い立たせた。こうなったら、イヅル様とやらに対面してやろうじゃないか。

テストするのはこっちだ。

3

ほどなくして応接室のドアが開き、真ん中分けの男が現れた。

「他の皆さんは、お帰りになられたのですか？」

「はあ…そうみたいですね」

男は特に驚いた様子もなく、無表情のまま長身の身体を折り曲げた。

「わたくしは秘書の麻路《あさじ》と申します。先程こちらに見えられたのは、イヅル様のご母堂《ぼどう》の昌子様です。よろしくお見知りおきを――」

マサコ様ね。聞くと見るとは大違いだな。向こうが手の内をバラしたので、篤彦は少し安心して腰を上げた。麻路は身を起こし、恭《うやうや》しくドアを指し示した。

「では、イヅル様がお目通りしますので、奥の間へどうぞ」

「あのお…その前にひとつ伺いたいんですが」

「なんなりと」

麻路はもったいぶって、顔を傾けた。

「その…イヅル様の面接とやらに合格した場合ですね、料金はいかほどお支払いすればいいんでしょうか？」

「それは、あくまで皆様のお気持ち、として頂戴《ちょうだい》しております」

篤彦は鼻白んだ。〝お気持ち〟と〝時価《じか》〟ほど曖昧《あいまい》で心穏やかならぬものはない。

「オレ、そういうの苦手なんですよ。霊媒料は一回コレコレです、って明確にいって貰った方が楽なんですけどね」

「では、イヅル様に直接お訊ね下さい」

麻路はとりつくしまもなくいった。

「わたくしには、なんともお答えしかねますので。あと、ひとつ申し添えておきますと」

麻路は言葉を切り、やや三白眼ぎみの目で篤彦を見すえた。

「イヅル様は、いわゆる〝霊媒師〟の類の者ではございません。そのお力は生前より賜《たまわ》ったもので、イタコの口寄せなどとは、まったく意を異《こと》にしております。ただ故人と近しい方の心に宿る魂に触れ、そこから故人の魂を現世に導き引き合わせるという、いわば魂のナビゲーターとでも申しましょうか、そういう特別なお力を持ったお方なのです。我々は〝呼人《よびと》〟と申しあげておりますが――」

どう違うんだ？と首を捻りたくなったが、麻路の流れるような弁舌にはクレームを挟む余地はなかった。まあ、どんな屁理屈でもこねるがいいさ、篤彦は黙って聞き流した。

「他にご質問は？」

「いや、もういいです」

麻路は「では」といって重々しく向き直り、先に立ってでていった。

奥の間といったところで、たかが知れている。いくらもない廊下を進み案内されたところは、どこの家庭にもある、いわゆるリビング・ルームだった。

ブラインドに仕切られた向こうから、ささやかに水を流す音が聴こえるのは、昌子様が夕餉《ゆうげ》の支度にでもとりかかっているのだろう。

「紀ノ本様をお連れしました」

「どうぞ、入って――」

神代出《いづる》はカウチ・ソファーにちんまり腰かけた姿で、篤彦を迎え入れた。

麻路は入り口のところで恭しく一礼すると、どこかへ消え去った。何だかバカバカしいなと思いつつ、篤彦も深く頭を下げて、示された椅子に膝をそろえて座った。

小さなガラスのテーブルには、今食べたばかりの羊羹の跡を忍ばせる、黒文字の乗った漆《うるし》の皿が置かれていた。向かい合わせに見る顔は、どこから見ても普通の高校生だった。まだ制服のシャツとズボンを身につけ、これから宿題にでもとりかかろうかという風情だ。

いくつだろう？　と篤彦は推理した。眞斗より一つか二つ下というところか。色白の小造りな顔に見合った小柄で華奢な体形をしていた。額に被さるやや長めの前髪から、切れ長の目が興味深げに覗いている。印象的といえるのは、その漆黒の髪と同じ色を放つ瞳だけだった。

あらゆる点で眞斗とは対照的だ。あの子は褐色の肌にバタ臭い顔を持ち、髪も天然の茶色だった。身体もひと回り大きく躍動感に溢れていた。たとえ、その霊がとり憑いたとしても、この純和風の幼い面差《おもざ》しが、眞斗に見えることはまずないだろう。

「紀ノ本です、この度は――」

いいかけた篤彦の言葉を、出が唐突に遮った。

「他の人、みんな帰っちゃったんだ？」

虚をつかれて、篤彦は面《おもて》を上げた。切れ長の目を細めて、出は愉快そうに笑っていた。

「ご存じでしたか？」

「予想はついてたけどね、いつも一人か二人残ればいい方だから」

やはり、すべて納得ずくだったのか。篤彦は改めて気づいた。

「貴男はどうして残ったの？」

「何となく、ひっかかるものがあって…」

「どんな？」

出は好奇心も露《あらわ》に、身を乗りだした。

「つまり、貴男とお母様の声が応接室まで筒抜けになってて……」

それを聞いて、出は「あははは」と片膝を抱えて笑った。

「かえって不思議だったんです。霊的な匂いがなさすぎるのが」

「なかなか鋭いね。でも、それだけじゃないよね、貴男が残ったのは」

「ダメ元でも、賭けてみようと思いました」

「そう、それが大事なんだ」

出は膝を下ろすと、正面から顔を近づけてきた。

「あれは最初のテストなんだよ、貴男はそれに合格したってこと」

「テスト……？」

篤彦は驚いて、まじまじと出の顔を見返した。

「うん。誰だって本音は信じちゃいないんだ。だけど、藁《わら》にもすがる気持ちでここに来る。貴男もそうだろ？　でも、うちゃ僕を見ただけで、こんなのウソだって、疑いの方が先行しちゃう。故人への思いよりも、損をしたくないって気持ちが勝っちゃうんだ。人って、目に映るものに騙されやすいんだよ。そう思わない？」

「確かに…それらしい雰囲気があれば、暗示にもかかりやすいですね」

「だろ？　単純なんだよ、みんな。でも、それならそれでいいんだ。そういう人は損得を考えた時点で、十分立ち直れるからね。僕の助けは必要ない」

出の瞳に、一瞬妖しげな蒼《あお》い光がよぎった。

「でも、貴男は違うよね」

戸惑いながら、篤彦は「ええ」と頷いた。

「オレは弟に会いたい。なんとしてでも、あいつの死の真相をつきとめたい」

「なにか複雑な事情がありそうだね」

出の瞳がまた興味深げに瞬《またた》いた。篤彦は多くを語る気はなかった。故人について話せば話すほど、相手に騙しやすいヒントを与えてしまうからだ。

「紹介者の田辺さんから、聞いてませんか？」

「田辺？　誰だっけ？」

出の無邪気な反応に、篤彦は苦笑した。

「オレも直接の知り合いじゃないんです。何でも交通事故で息子さんを亡くされて、三ヵ月前にこちらに伺ったとか聴いただけで……」

「ああ思いだした、あの桜餅のオバさんか！」

不意にケラケラ笑われて、篤彦は面食らった。

「何回くらいここに来たかなあ、毎週来るたんびに持ってくるのが桜餅なんだよ。もういいかげん飽き飽きしちゃって、見ただけでウンザリ――」

「はあ……」

篤彦は出の摑み所のなさに困惑していた。

大人びた口調で客の品定めをするかと思えば、手土産《みやげ》でしか紹介者を思いだせなかったりする。だいたい、こんな調子で魂のナビゲーターとやらが務まるものだろうか。

「すみません、オレはカラ手で…」

出はまだクスクス笑いながら、「いいのいいの」と手をひらつかせた。

「お土産なんかいらない。ただ、信じてくれればいいだけでさ」

それから急にきょとんとして、「なんの話だっけ?」と呟いた。

「いや、オレの弟のことを少しは聴いていられるかと…」

聴いてたとしても、忘れてるな。篤彦は確信した。眞斗のことは何も知らない。

「知らない。それに、あんまり聴くと僕の信憑性《しんぴょうせい》が薄れるからね」

出は篤彦の腹を見透かしたように、自信たっぷりに宣言した。

「ひとつだけ聴かせて。いくつで亡くなったの?」

「十八でした」

「オーケー、それなら許容範囲だ」

「何か理由があるんですか?　死亡年齢二十二歳までというのに」

「今はいえない」

そういってニコニコ笑っている顔を、篤彦はいぶかしげに眺めた。

「貴男はおいくつですか？」

「十七。来月で十八だけど、何か問題ある？」

「いえ…別に」

実年齢よりはるかに子供っぽい。同年代の子と比べても、体格は劣っているだろう。

「知ってる？　僕キリストと誕生日同じなんだよ、すごいでしょ？」

そういわれても、はあそうですかとしかいえない。

「でもクリスマスと誕生日が一緒って損だよ。プレゼント一回しか貰えないから」

「でしょうね…」

あくまで楽しげに笑っている出を前に、篤彦は気力が萎《な》えそうになった。

「ついてたな、貴男が残ってて」

「は……？」

出は含み笑いをしながら、乗りだした。

「若くてステキな人だからさ。中にはワキガのオジさんとか、やたら香水のきつい人とかいるんだよ。近くにいるだけで頭痛くなっちゃうんだ」

いいながら、出はやにわにテーブルに腕を伸ばした。

「手をだして」

有無をもいわさぬ口調に、篤彦は反射的に右腕を差しだした。ステキといわれた時の違和感が、ワケもなく彼を狼狽させていた。

「左手。心臓に近い方」

いわれて見ると、出の差しだした腕も左だった。篤彦は慌てて反対の腕をだした。テーブルに添わせた指が祈る形に組まれた。強い力が篤彦の指から掌に伝わってきた。

「もっと強く握って、指先に意識を集中させて」

命じながら、出は瞼を閉じた。

「胸の中で弟さんを思いだして。頭から爪先まで、細かいところも全部——」

篤彦は同じように目を閉じ、瞼の裏に眞斗の姿を思い浮かべた。

いつもラケットを抱え、腹をすかせて家に駆け込んできた姿。篤ちゃん、篤ちゃんと呼びかける笑顔。拗《す》ねたり甘えたりしながら、咲子にまとわりついていた仕種。そして、コートを駆け回る雄姿が、ありありと蘇ってきた。

極限まで身体をしならせ、強烈なサーブを相手コートに送りこむ。柔らかい膝を武器に、隅々まで走りバック・ハンドのストロークを打ちこむ。白熱してくれば、ショットの度に唇から気合のこもった呻きが洩れ、ヘッド・バンドに波うつ髪から汗が飛び散った。ついに勝利を決めた瞬間、眞斗はラケットを投げだし、天に拳《こぶし》を突きだして歓喜の雄叫びを上げた。

一瞬一瞬がスロー・モーションのように鮮明に再生された。どのひとコマをとっても、お前は輝いていた。誰よりも美しかった。誰からも愛されていた。

オレは心からお前を愛していた。この地上の誰よりも愛しく、誇らしく、大切だった。

篤彦の閉じた瞼から知らないうちに涙が溢れ、頬を濡らしていた。

眞斗、眞斗――篤彦は胸の内で泣き叫んだ。お前が恋しい、お前に会いたい！


ふーっというため息が耳に届き、篤彦は我に返った。

「疲れた、もういいや」

気がつくと、出の指は離れ、篤彦の伸ばした腕がテーブルにとり残されていた。よほど強く握っていたのか、掌は真っ赤に充血し、痺《しび》れが手首にまで伝わっていた。

篤彦は慌てて戻した手の甲で濡れた頬をぬぐった。

出はソファーに寄りかかり、黒い瞳をぼんやり宙に向けていた。

「かなりしんどいな、これは」

「オレはパスしたんでしょうか…？」

「一応ね」と、出は曖昧に返答した。

「貴男の中にいる弟さんは確認したよ、呼びだせるかどうかはわかんないけど」

と、いうことは、失敗しても文句はいえないということか。暗澹《あんたん》とした気分が蘇り、篤彦の全身にどっと疲れが襲ってきた。

なんで、オレはこんなところにいて、こんな子供の霊媒師（いや、呼人だったか）の機嫌を伺っているんだろう。帰りたい、と篤彦は猛烈に願った。これ以上恥を晒《さら》したくない。

「なんか、すげえくたびれそうなんだよね」

ふぬけた声を聞いて、篤彦は迷わず腰を上げた。

「もう結構です、ご面倒はかけません」

「じゃあ、改めて予約して下さい」

出はソファーから身を起こし、にっと笑いかけた。

「学校のない休日にしてもらうと助かるな。貴男の弟、呼びだすの大変そうだから」

「わかりました」

見上げる顔に黙礼して、篤彦はすみやかに神代邸から退散した。

4

面接の成果を聞きたくてウズウズしていた国枝が、翌日、さっそく篤彦を飲みに連れだした。

串焼き屋のカウンターに肩を並べ、篤彦は神代邸でのでき事を国枝に語って聴かせた。

「そうか、やっぱりダメだったか」

燗酒《かんざけ》をチビチビやりながら、国枝は少し残念そうにいった。

「うさん臭いとかって以前に、相手があんまり子供なもんでシラけちゃったんだよ」

「でも、面接だけでも多少効果はあったんじゃないか？　お前、こないだよりずっと顔色よくなったし、元気そうに見えるぜ」

「かもな」

いわれてみれば、いく分食欲もでて、寝つきもよくなった。あの時、出に眞斗を思いだせといわれ、存分に悲しみに浸り涙に溺れたのがヒーリング効果を及ぼしたのかもしれない。咲子の前では気を遣い、悲しみを面《おもて》にだすことは極力控えていたからだ。

「ぼったくられる前に止《や》めて、正解だったかもな。料金いくらかかるって？」

「秘書はお気持ちでとかいってたけど、その気がなくなったから、あえて訊かなかったよ」

「お気持ちねえ、笑かしてくれるぜ」

手羽先の串をしごいて、国枝はクスクス笑った。

「オレ、あれから田辺のオバサンに聞いてみたんだよ、いくら払ったのか」

いいながら、国枝は皿に残った二本の串を、手早く交差させてみせた。

「二万？　なら、良心的だな」

「バーカ、一本は横。十だよ、ひと口十万。それでも最低ランクだって」

「一回で？　うへえ、いい商売だな！」

霊媒の相場がどれくらいかは見当もつかないが、決して安い金額とは思えなかった。

「だろォ？　約ひと月は通ったっていうから、四、五十万かかったんじゃないかな。それでも、二回目から神代の奥さんが露骨にバカにした顔するから、手土産も持参したって」

「桜餅ね……」

出の辟易《へきえき》した顔を思いだして、篤彦は笑った。

「金持ちには、そりゃぁ愛想いいらしいぜ。中には万札の束を積みあげるのもいるっていうから」

あの昌子様ならやりそうだ。篤彦は大いに納得した。

「だけど、税金対策とかどうなってんだろ？」

「当然、ごっつあんで丸儲けだろ、看板だしてないんだから。そら取材も拒否するわな、税務署に告発されたらヤバいもんな」

麻路の発した〝お気持ち〟の意味が、改めて読めた。依頼人があくまで〝謝礼〟として持参したものなら、受け取っても申告しなくて済む。十七の子供にイタコの口寄せまがいのことをさせ、がっぽり稼いでいたとしても、商売ではないと開き直れる。

しかし、当の出はそのことをどう思っているのだろう？　「かなり疲れる」といっていたが、学業以外でそんなにエネルギーを消耗させられることに反発を感じていないのだろうか。母親に巧《うま》く丸め込まれているのだろうか。

咲子が眞斗の将来にどんなに期待していたかを篤彦は知っていた。口にださなくても、思いは伝わっていた。確かに、それまでの彼女の苦労をすべて払拭《ふっしょく》してくれるバラ色の未来が、眞斗の前途には輝いていた。「そのうち、ママにはうんと楽《らく》をさせてあげる」が、眞斗の口癖だった。出の境遇も、似たようなものなのではないか？

「なんだか、少し哀れを催すな…」

誰にともなく呟くと、国枝もギンナンをつまみながら頷いた。

「シラけたっていうより、そっちが本音だろ？」

「ああ？」

なんだ、聴いてたのかこいつ。篤彦はぼんやりと親友の横顔を見やった。

「そのイヅル様とやらに会うと、弟を思いだすから。それで抵抗あるんだろ？」

「違うよ、全然正反対のタイプだぜ」

「だとしてもさ、同年輩ってだけで共通点あるだろ。喋り方とかさ」

〝腹減ったあ〟の第一声を聴かされた時は、確かに胸がズキンと疼《うず》いたものだ。

「そういや、タメ口きかれたな…」

ほらみろ、といって国枝はカラの徳利を店員に振って見せた。

「もう一本ね――。そりゃあ、日々大人にかしづかれてりゃ嫌でも態度デカくなるよな。やっぱ超のつくナルシストと違うか？」

「お前って時々妙に鋭くて、嫌なヤツだな」

国枝はがははと豪快に笑った。篤彦も酔いにまかせて久々に笑えた。

「よかったよかった、だいぶ原型に戻ってきたぜ。紹介した甲斐《かい》があった」

そうかもしれない。胸中ささやかに出に感謝して、篤彦は杯を上げた。


十二月に入り、いよいよ本格的な冬の季節が到来した。

篤彦にとって、今年ほど迎えたくない冬はなかった。クリスマス、お正月と例年家族そろってにぎやかに過ごす行事を、咲子と二人喪《も》に服して過ごさねばならないからだ。

神代邸を訪れてから二週間、気持ちはだいぶ落ち着きをとり戻していたが、それでも日に日に寒さのつのる毎日は、篤彦の憂鬱気分に拍車をかけていた。

母屋の電話が鳴った時、篤彦は、風呂場で滑り、バスタブに胸を強打したという女性に電気治療を施している最中だった。咲子は受付で、初診の患者に応対していた。

「いいよ、オレがでるから」

電圧を調節してから、篤彦は足早に茶の間におもむき受話器をとった。

「紀ノ本さんですか？」

最近では滅多に聴かない若い声が、送話口から響いた。

「僕、神代出です。覚えてます？」

「イヅル様――？」

思わず大きな声がでて、篤彦は焦って受話器を抱えこんだ。

「はい、その節はどうも」

出は落ち着き払った声で応答した。

篤彦の胸はにわかに騒ぎだした。オレが一向に予約の電話をしないから、業を煮やしてむこうからかけてきたのか？　これも、金づるを逃すまいとする昌子の戦略なのだろうか？

「あのォ…田辺さんの紹介状を見たら、マッサージの先生って、あったんですけど…」

「はあ…正しくは整形外科医ですが。自宅でクリニックを開いています」

金はないぞ、金は。オレは貧乏医者だ。内心で牽制しながら篤彦はで方を伺った。

「じゃあ、僕の腕診《み》てもらえます？　なんか今朝から右腕が腫《は》れて痛くって…」

なんだ――？　よくよく足元すくってくれる霊媒師だ。勧誘かと思えば、治療の予約とは。

篤彦は少し平静をとり戻し、「いいですよ」と応じた。

「よかった。これからすぐ行ってもいいですか？」

嫌ともいえまい。篤彦は快く承諾して、最寄《もよ》り駅とクリニックまでの道のりを教えた。

「ただ…ひとつお願いしたいのは、家族にはあのことを伝えていませんので…」

口ごもる篤彦に、出はすべて心得ているとばかりに、「大丈夫です」と宣言した。

「先生にも初対面のフリします。間違っても、眞斗君の話なんかしませんからご安心を」

それを聞いて、篤彦は少し気を楽にした。予約しろとせっつかれる恐れはなさそうだ。

六時を過ぎ、日もどっぷり暮れた頃になって、神代出は紀ノ本クリニックに現れた。

診療室のドアの隙間から、篤彦はそっと様子を伺った。てっきり麻路か昌子を同伴して来るものと身構えていたら、出は意外にも一人だった。

高校の制服の上にダッフル・コートをはおり、受付の咲子に健康保険証を手渡す姿は、初めて目にした時よりもさらに幼く映った。

「初診の方は、この問診表に記入して下さい」

差しだされた用紙を、出はやんわりと拒否した。

「右腕が痛くて書けないんです」

「そう、じゃあ代わりに書いておくわね」

優しい笑みを返すと、咲子は出から症状を聞き、問診表に書きこんだ。

マジで痛いらしいな。納得して、篤彦は出を診療室に招き入れた。出はペコリと子供らしいお辞儀をして、篤彦の前の丸椅子に座った。

国民健康保険の証書では、神代家の世帯主は母親の昌子になっていた。被扶養者の欄には、〝長男・出〟の名前だけがぽつんと記《しる》されていた。

やはり母一人子一人なんだな。その事実を確かめ、篤彦はしばし感慨に耽った。

「腕伸ばすと痛いんです。あと何か握ったりした時、肘がキリキリして」

触診すると、右肘の外側が炎症を起こしているのがわかった。

上腕骨外側《じょうわんこつがいそく》上顆《じょうか》炎《えん》——と、篤彦はカルテに記入した。

「クラブ活動で、何かスポーツしてる？　野球とかハンドボールとか」

「いいえ」

出はあっさり首を振った。

「運動は家で禁止されてるので。体育の授業もテキトーだし、体育祭にもでません」

「ピッチャーとか運動選手によく起きる症状なんだ。発育過程で同じ筋肉を酷使すると、靭帯《じんたい》が炎症を起こしたり、骨が変形したりする。君の場合は、ごく軽い症状だけどね」

仕事が原因じゃないのか？　一瞬頭によぎった可能性を、篤彦はすぐに打ち消した。出の〝交信〟は左手に限られている。右腕が損傷をきたす恐れはないはずだ。

「何か右腕に負担のかかることをしなかった？」

「全然。食べて寝て学校行って、時々人と会うだけ——」

人と会うだけ、ね。篤彦はカルテに目を落とし、なるべく出と視線を合わせないようにしていた。今は医者と患者の立場とはいえ、二週間前はこの子にテストされ、目の前で涙を流す醜態を演じたのだ。その気恥ずかしさは、容易に拭い去れるものではなかった。

「原因不明か。まあ、君の年齢ではそういうこともあるかもしれないね。たまには軽い運動もした方がいいんじゃないかな」

「わかりました、気をつけます」

出は、あの時とは別人のように子供らしく素直だった。

篤彦はとりあえず出の患部を冷し、関節部分に添え木を当てて固定した。

「できれば、まめに冷やすといいよ。消炎剤と鎮痛剤を三日分だしておくから、痛まなくなったら痛み止めは飲まなくていいからね」

篤彦は事務的に処方箋を記し、咲子に手渡した。

「一週間たったら、また診せて下さい」

おざなりに笑いかけると、出は立ちあがり「ありがとうございました」と頭を下げた。

「お大事に……」

ドアに行きかけた足を止めて、出はふと振り向いた。

「先生――」

篤彦はドキッとして顔を起こした。

「右腕に負担かかることって、テニスも含まれます？」

生真面目な少年の顔がまっすぐ篤彦を見つめていた。

「あ、ああ…もちろん。やってるの？」

「いいえ」

あっさりいって、出はドアをでていった。

篤彦は動揺を押さえて、その後ろ姿を見送ったが、意識的にテニスという種目をださなかったそのことを見透かされた気がして、頬が熱くなった。出の肘は、俗に〝テニス肘〟といわれる症状そのものだったのだ。


出を送りだしてから、咲子はクリニックの出入口をロックした。

「可愛い子ねえ、何だかマナを思いだしちゃった」

何気なく呼びかけられ、篤彦は背中から汗が吹きだしそうになった。

「そう…？　運動オンチらしいけど。はは…ちょっと暖房効きすぎだな、ここは」

「やっぱり母一人子一人みたい。歳も近いし、妙に親しみが湧くわね」

い、いや、やっぱりってなんだよ？　オレと親父の存在は、ママにとってなんだったんだよ？　自分でも感じたことを咲子に指摘されると、篤彦は激しい抵抗を覚えた。

咲子は待合室の照明を消し、診療室に戻ってきた。

「それに、ねえ…あの子の腕、マナをここに連れて来た時と同じ症状じゃなかった？」

「さあ。あの頃は親父が診てたし、オレに訊かれてもわかんないよ」

「そうよね、あたしったらバカみたい」

咲子は照れくさそうに笑った。

「篤彦君、まだ中学に上がったばかりだったよね。マナが五つの時だもの」

「ママも若くてきれいだった」

「そうよォ、まだ三十前だったのよ私。貴男のパパは四十…いくつだっけ？」

咲子は懐かしそうに、視線を宙に遊ばせた。

「五か六。よく、あんな年寄りと結婚したよな」

「あーら、渋くてステキだったわよ、大《おお》先生は。貴男もだんだん似てきたじゃない」

男の子はみんな父親に似るのよねえ。器具を消毒しながら、咲子はしみじみと呟いた。

「やっぱり今頃じゃなかったかしら。マナにも、さっきあの子が着てたみたいな紺色のダッフル・コートを着せて、ここに連れてきたのよ」

咲子が楽しそうに語る思いでは、針のように篤彦の胸を突き刺した。

あの子は霊媒師だ。眞斗とは種類の違う人間だ。オレは二週間前には、あの子の前に土下座せんばかりにして、眞斗に会わせて欲しいと懇願してたんだ。洗いざらいぶちまけたい衝動を抑えて、篤彦は黙ってカルテの整理に専念した。

「それから何回かここに来て、もう来なくていいですよって日に、初めて貴男のパパからクリスマスのディナーに誘われたってワケ」

「ああ…オレは、あの晩が初対面だったよね」

咲子のおノロケを聴きながら、篤彦の脳裏にも懐かしい光景が蘇ってきた。

ホテルのレストランで初めて出会った母子は、篤彦には最高のクリスマス・プレゼントだった。あれほどにぎやかで楽しかったイブは、生まれて初めてだった。

「マナったら、会ったとたんに貴男になついちゃって。あれから、毎日『今度、いつ篤ちゃんに会うの?』って、そればっかり。あんなにあっさり再婚できたのも、貴男のおかげだったかもね」

咲子の言葉に、篤彦は苦笑するしかなかった。そうだった。初めて会った時から、オレは新しいペットを貰ったみたいに眞斗を可愛がっていた。元気で可愛くて賢くて、いくらかまっても飽きなかった。早くプロポーズしろ、と親父にせっついたのもオレだった。

「あれから十三年か、あっという間だったね」

「ホント速かった。幸せな時って短いのね…」

そういうと、咲子は不意に白衣の袖を口許に押しあてた。

「ごめんなさい……」

涙を隠すようにして母屋に走り去る彼女を見送り、篤彦はやるせない息を吐きだした。

泣けばいいのに。遠慮しないで、わーわーとり乱して泣いて欲しいと願った。

出のカルテに押された初診の日付が、篤彦の目に語りかけるように浮きあがった。ちょうど今頃だった——。胸騒ぎに襲われ、篤彦はデスクの引きだしから、今は使っていないキャビネットのキーをとりだした。そこには、父親の代の患者のカルテが五十音順に整理、保管されている。咲子の旧姓は……岡崎、じゃない沢田だ。

サ行のボックスを引きだし、手前から一枚ずつ指でたぐった。

沢田…沢田、沢田シズ、沢田孝雄、沢田眞斗——あった。変色して黄ばんだカルテを引っぱりだして、篤彦は息を詰めた。

デスクに戻って確認するまでもなく、眞斗の初診の日付印は、出の真新しいカルテの日付にぴったり符合していた。

右上腕骨外側上顆炎——達筆の父の字が記した所見が、篤彦の目に飛びこんだ。

十三年前の今日、眞斗が訪れた時とまったく同じ患部に同じ症状を訴えて、出はここに現れたのだ。ただの偶然と見過ごしていいものだろうか？

テニスも含まれますか？　と出は訊ねた。明らかに、オレの胸の内を読んでいた。違う。二週間前に、ほんの数分手を握り合わせただけで、出はオレの思いでにある眞斗のすべてを確かめたのだ。

〝間違っても、眞斗君のことは話しませんから〟篤彦の耳の奥で、電話の声が囁いた。

カルテを持つ指が震え、唇から声が溢れそうになった。

あの日、オレはひと言も告げてはいない。紹介者にも知らせていない。弟の名前を。

出は知っていた――確信が喜びを伴って全身に押し寄せてきた。同時に、形容しがたい恐怖に晒され、篤彦は診療室の床に座りこんだ。

出の力は本物だ――。

眞斗はすでに、出の中にいる。

5

出の右腕の腫れは、一週間後にはきれいに引いていた。

「もう物を握っても痛くないし、曲げられるようになったんです」

出は拳《こぶし》を作り、篤彦の前で嬉々として腕を曲げたり伸ばしたりして見せた。

「じゃあ、もう添え木はいらないな。でも、まだあまり無理しないようにね」

篤彦は関節部分に湿布薬を貼り、軽く包帯を巻くにとどめた。

二回目ともなれば、視線を逸らすこともなく、ごく自然に出と応対できるようになっていた。何より、篤彦自身の心境が大きく異っていた。

「よかったあ。テストが近いのに、鉛筆握れなかったらどうしようかと思った」

出の方も篤彦の変化を察してか、初診の時より饒舌《じょうぜつ》だった。

「成績、よさそうだね」

「でもない」

篤彦が微笑みかけると、出も照れた笑みを返した。

「ほとんど一夜漬けだから。山カンが当たればOKなんだけど」

その気になれば、教師の腹も読めるのかな。篤彦はとりとめのないことを考えた。

「湿布薬を一週間分だしておくから。朝・晩とりかえるだけでいいよ」

「もう、来なくていいんですか？」

「うん。それで様子を見て、また腫れるようなことがあれば来なさい」

出は少し残念そうに、傷めた腕を撫でさすった。

「テスト前じゃ忙しいだろうし、その方がいいだろ？」

「別に、来てもいいんだけど…」

全快するのをむしろ惜しんでいるような顔を見て、篤彦は笑った。

「それには及ばないよ」

受付の電話に応対中の咲子を一瞥《いちべつ》して、篤彦は出の正面に向き直った。

「この次は、オレの方から伺います」

出はきょとんとして、切れ長の目を見開いた。

「例の件、よろしくお願いします」

「ホント？」

篤彦が頷くと、出の顔にパッと喜びの色が浮かんだ。

「へえ…決めたんだ？　じゃあ、早い方がいいよね？」

「いつでも。そちらのご都合で」

篤彦は卓上のカレンダーを出の前に置いた。

「んーと…テストは週末に終わるから。じゃあ次の日曜日、夜八時でどう？」

これには、篤彦も面食らった。

「そんなに早く？　いいんですか？　他に予約の方とか…」

「いいの、どうせ夜はヒマだし。先生にはお世話になったから、特別サービスするよ」

こんなことで優遇されても喜んでいいやらわからず、篤彦は苦笑した。予約待ちの客も大勢いるだろうに、すべてイヅル様の気の向くままらしい。

「では、お言葉に甘えて」

「絶対来てね、先生。気が変わったなんてイヤだよ」

念を押すと、出は足どりも軽くドアに向かった。

「お世話になりましたァ――」

受付の方から、弾んだ声が聞こえてきた。

「治ったのがよっぽど嬉しかったのねえ。あの子、スキップしながら帰ってってたわ」

咲子の報告を聞いて、篤彦は可笑しさをかみ殺した。

どうやら、オレはイヅル様のお眼鏡に適《かな》ったらしい。すでに眞斗が憑依《ひょうい》しているのかも。そう思うと、以前よりもずっと出に親しみを感じる自分に気づいた。


昌子様に嫌われるのは覚悟の上で、篤彦は十万円の現金を入れた封筒をスーツのポケットに忍ばせて、神代邸に向かった。休日の夜を指定してもらったのは、診療を休まずに済むし、咲子にも外出の目的を細かく説明しなくてもいいので、却《かえ》ってありがたかった。

「ちょっとヤボ用で」といえば、咲子は「デート？」と訊くだけで、それ以上を追求しない。篤彦が元気をとり戻し、外にでかけることが多くなるのは、彼女にも喜ばしいことに違いなかった。たとえ、デートの相手が眞斗の霊であっても、だ。

桜餅の話を聴かされた後では手ブラで行くのも気が咎め、篤彦はステーション・ビルの洋菓子店でリング・シュークリームを十個ばかり箱に詰めてもらった。

甘い物は太るからと控えながら、眞斗はこれに目がなかった。咲子や篤彦に内緒で、冷蔵庫に隠しては時々つまんでいた。

思いだせば涙を誘うケーキの箱も、今夜は晴々と手にすることができる。正に信じる者は救われる、だ。今まで、神がかり的なことは一切信じなかった自分が、こんなに様変わりしてしまうとは、今さらながら不思議だった。

チャイムを押すと、前回と同じく麻路が無表情の顔で現れた。夜でも黒っぽい背広姿で年中喪中みたいな奴だ。神代母子とは、この家で同居しているのだろうか？

「お待ちしておりました」

篤彦をひと目見て、麻路は深々と頭を下げた。すべてうけたまわっております、の風情《ふぜい》である。きっと、オレの顔が札束にでも見えるんだろうな、と篤彦は独りごちた。

今回は応接間に通されず、すぐに玄関から招き入れられた。靴を脱いでいるそばで、階段を駆け降りてくる元気のいい足音が響いた。

「いらっしゃい、先生――」

ジーンズと真っ赤なセーターの普段着で、出は気安く篤彦をで迎えた。

イヅル様直々《じきじき》のおで迎えに、麻路はぴくりと眉をそばだて、小さく咳払いをした。神様は奥で偉そうに座っていろ、とでもいいたいらしい。

「やあ今晩は、腕はよくなった？」

「全然オッケー、もう貼るヤツもやめちゃった。上がって上がって」

いいながら、出は篤彦の腕をとってぐいぐい引っぱりあげた。

「ダメだよ、そんなに力入れたら。あ、これお土産――でも、桜餅じゃないからね」

ケーキの箱を差しだすと、出は子供丸だしに目を輝かせた。

「あー、アモンドのリング・シューだ！　わーい、これ大好きなんだ」

ただちに中身を透視したのか、弾んだ声を上げた。

「オレの弟も好きだったんだ」

麻路がまたひとつ、聞こえよがしに咳払いをしたが、出はどこ吹く風だった。

「麻路、お皿とフォーク持ってきて。あとママにいって紅茶もね」

命じられて、麻路は苦々しい面持ちで「召しあがるのですか？」と尋ねた。

「さきほどデザートは済まされたのでは？」

出はぎっと目を据えて、頭ひとつ高いところにある顔を見上げた。

「僕が食べるんじゃないよ、知ってるだろ？」

「さようで」

麻路は能面のような顔を崩さずに、かしこまって見せた。

「いちいちうるさいんだよ、お前は。先生、今日は二階ね――」

また腕をとられて、篤彦は玄関脇の階段に引っぱられた。霊を導いてもらうというよりは、親戚の子供の部屋を訪れる気分で、篤彦はせき立てられて新建材の階段を上がった。

そこは、階下よりはいくらか厳粛な趣《おもむき》のある日本間だった。

狭いながら床の間もあり、〝天河《てんが》〟と記された掛け軸の下には、青銅でできた大きな鈴が桐の三方《さんぽう》に重々しく飾られていた。

部屋の中央には、円形の座卓がぽつんと置かれていた。近づいてみると、ガラスの円卓にはいく重《え》かの輪が描かれ、日本神話に登場する神々がその中にデザインされていた。

「テキトーに座って」

そういわれても、座布団も置かれていない円卓とあっては、どこに座っていいかもわからない。迷っていると、出はさっさと床の間を背にして座った。

「方角とか、決まってるんじゃないの？」

「ないよ、そんなの。いつもテキトー」

いってから、出は初めて気づいたように、円卓に描かれたものに目を向けた。

「ああ、これ？　ただのカッコつけ。後ろの五十鈴《ごじゃうれい》もだけど、なんとなくそれらしい、いものを置いとけば雰囲気でるだろうって、ママが買ってきたんだ」

「はあ……」

「わざわざ奈良の山奥の神社まで行ってさ。大人って、変なコト思いつくよね」

そういって、出は可笑しそうに肩を揺すった。

目を上げると、対面の鴨居に二つの額がかかっていた。どちらも、まだ若い男性の白黒写真で、一枚はセピア色に変色していた。篤彦の視線を追って、出も振り向いた。

「あれは先代と先々代の神代出。つまり、僕のパパとお祖父《じい》ちゃんてことだけど」

「ずいぶんと若い写真だね」

「二人とも二十二で死んじゃったからね」

ことともなげにいって、出は首をすくめた。

「神代家の男はみんな早死になんだ。だから、結婚がすごく早い。跡継ぎを作らなきゃいけないから。僕のパパなんか、二十歳《ハタチ》でひと回りも年上のママと結婚させられたんだよ」

いささかウンザリ口調でいうのを聴いて、篤彦は驚きを隠せなかった。

「じゃあ、貴男が二歳の時に…？」

「そう、死んじゃったの。だからロクに顔も覚えてない」

「オレは、その歳に母を失ったよ」

「ホント？　なんか共通点あるね、僕たち」

楽しそうにいうと、出は膝を乗りだして座卓に肘を乗せた。

「受付にいる女の人は？　眞斗君のお母さん？」

「ええ……」

篤彦は少し緊張をとり戻し、出の正面に座りなおした。

「たぶん…すでにお気づきでしょうけど、眞斗は義理の弟です」

「そんな、敬語使わなくていいよ。クリニックにいる時と同じで」

膝も崩して崩して。などといわれ、戸惑っているところに、麻路が銀色の盆を掲げて上がってきた。ひとつの大皿にリング・シューが山盛りにのっていた。

「では、これは御霊様《みたま》に――」

麻路がもったいぶって大皿を床の間に掲げると、出はこっそり篤彦に舌をだして見せた。

円形の座卓に、どう見ても不似合いなミントンのティー・カップが二客《にきゃく》置かれた。

「お母様が、十時には呼人の業《ぎょう》を終えられるようにと」

へりくだりつつ、さっさと客を帰せよと、麻路は暗にほのめかしていた。

「わかってるよ、お茶くらいゆっくり飲ませてよ」

鼻であしらって、出はカップに手を伸ばした。

「あっ、では、これをお先に――」

交霊の後、放心して忘れてもいけない。察して、篤彦は現金入りの封筒をとりだした。

「これは、ご丁寧《ていねい》に」

麻路は腰を屈め、慣れた仕種で両手を差しだした。

「ダメだよ、麻路」

出がぴしゃっといい渡した。

「まだ成功するかどうかわからないのに、お礼もらったらいけないよ」

麻路はつるんとした顔を強張《こわば》らせて、宙にかざした手を引っこめた。

「まことに…仰せの通りです」

「いや、これはホラ、気持ちですから。大して入ってませんし…」

その場の気まずさに、篤彦は慌ててとりつくろった。

「どちらにしても、お渡しするつもりでしたから、どうぞ受けとって下さい」

「先生――」

鋭い視線が麻路から篤彦へと向けられた。

「僕はお金のために、こんなことやってるんじゃない。少しでも、先生の助けになりたいからだよ。今日だって、腕を診てもらったお返しのつもりだったんだ」

毅然とした口調、厳しい眼光はとても十七の子の発するものとは思えなかった。

「あいすみません、差しでた真似を致しました」

麻路は深々と頭を下げると、「どうぞごゆっくり」と篤彦に告げてその場を離れた。

慇懃《いんぎん》に襖《ふすま》が閉まり、足音が遠のくまで、出は頑《かたく》な表情を崩さなかった。

「お金のことなら、心配しないで」

ややあって、出は低い声でいった。

「神代の家長は僕だから。あいつにガタガタいわせない」

「そういう特別サービスは嫌だな」

篤彦はやんわりといなした。

「貴男はよくても、お母様や麻路さんはそれでは納得しないでしょう？　もし、オレの分が他の依頼人に被るようなことがあれば、却って心苦しい。それに、貴男の治療費はちゃんと頂いている。お互いにみあった報酬は受けとる。じゃなきゃ、もうここに来られないよ」

「マジ……？」

出の顔がにわかに心細げに歪んだ。

「失敗したら、もう来ないの？」

「さあ。オレは失敗するなんて、まったく疑ってないから。貴男は？」

出はまばたきをして、篤彦の顔をまじまじと見た。

「自信はあるけど…やってみなきゃ、わからないよ」

「それでいいよ。その代わり払うものは払う、最低料金だけどね。それでどう？」

出はようやく笑顔を見せて、「うん」と頷いた。

「リング・シュー食べない？」

「どうぞ遠慮なく、オレはいいから」

篤彦は笑って、出が勢いよくケーキにとりかかる様を眺めた。口の回りを粉砂糖で白くして、美味しそうにパクつく様は、すでに眞斗が乗り移っているかのように見えた。

「普通、交霊とかって、女の人の専売特許みたいに思われてるじゃん」

二つ目のリング・シューを食べおえ、出はセーターの袖口で乱暴に口を拭った。

「あーまたやっちゃった、ママに叱られるな。でも――うちの、神代の家系は代々特殊な血筋でさ、男にしかそういう能力がでないことになってるんだ」

　喋りながら、出は気ぜわしく新しい紅茶をカップに注ぎ、口をつけた。

「その分、あんまり融通が効《き》かないっていうか、相手を選ぶんだよ。女はまずダメだし」

「年齢もあまり離れると、呼びだせない？」

「そう、なるべく自分に近い霊に範囲が限られる。子供ならいいけど、うんと上の世代って、話合わないから交信しづらいじゃん。こっちもお願いして来てもらうワケだし、むこうにガキ扱いされると、交渉成立しないワケ」

　そういうものか。理屈はわからないでもないが、もう少し神秘的な体験を期待していた篤彦には、出の現実的な解釈はどうにもしっくり来なかった。単純に、演技がしにくいということではないのだろうか？　心の隅に残っていた不信感が、頭をもたげた。

　冷静に考えれば、専門家を雇って調べれば、オレの弟のことなどすぐに知れる。それなりに名を知られていたこともあり、テニス関係者をあたればかなり詳細な資料を手に入れられるだろう。名前をいわれただけで即座に信じたのは、いささか軽率ではなかったか？

「その特殊な能力は、いくつぐらいから現れるんですか？」

「僕の場合は十五くらいだったかなあ、パパは十二の時からあったらしいけど。ママに期待されてたから焦ったけど、でないものは仕方ないよね。それにさあ、使用期限も極端に短いの。結婚したらアウトだから、早く次の男の子作るしかないんだ」

「結婚するとパワーを失《な》っちゃうの？」

「っていうか、童貞失くすとダメみたい。まるで電池が切れるみたいに、力が消えるんだって。ママは純潔とかいってるけど。だから監視がうるさくって、ちょっと女の子から電話かかってきただけで、怒る怒る。どこの馬の骨ともわからん娘を近づけるな――」

「酷だな、それは…」

同情する篤彦の顔を見て、出は楽しそうにクスクス笑った。

「仕方ないけどね、子供の頃からそういうもんだと思ってるから。なるべく純粋な血を残すために、結婚も近親者に限られるんだよ。ママもパパの又従兄弟《またいとこ》だったし」

「早く亡くなるのは、そういうことにも起因してるんじゃないの？」

「たぶんね…。近親結婚って、やっぱ問題多いよ。お祖父ちゃんは生まれつき盲目だったし、パパは弱視で心臓が弱かった。僕も千五百グラムの未熟児で生まれて、色弱なの」

ことさらに明るく語る様子に、篤彦は苦いものを嚙みしめた。

酷い話じゃないか。呼人として働かせるため、早い話が商売のために、わざわざ近親婚をしてまで血を保つとは。その特殊な力が、何らかの機能を代償にして現れるものだとしても、本人が望んだことではないだろうに。

「うちって、どこも色キツいだろ？　僕が色の区別がちゃんとできないから、ママが派手な色ばっか選んでくるんだ。目ざわりだと思うけど、そういうワケだから我慢してね」

篤彦は何もいえずに、袖口が白くなった真っ赤なセーターを見つめていた。

「ダメだよ、暗くなっちゃ。全然困ることないんだから、笑って笑って」

「いや…状況的に笑う心境じゃ…」

「そりゃそうだ」

出はまた愉快そうに「あはは」と笑った。

「久しぶりに弟さんに会うんだもんね、じゃ――」

出はカップを乗せた盆を脇に片づけ、残りのリング・シューの皿を、円卓の端にずらした。

「よく見えるトコに置いとこう。食べ物につられて来ることもあるから」

霊って、そんなに短絡《たんらく》なのか？　いぶかしがりながら、篤彦は座りなおした。

「部屋明るいと入ってきにくいから、電気消すよ」

出は立ち上がって、蛍光ランプの紐を引いた。豆電球の灯だけがぼんやりと残った。

「蠟燭《ろうそく》とか立てた方がムードでるんだけど、あんまり意味ないし。子供の霊なんか、そういうの怖がるからね。眞斗君は、暗いトコ苦手じゃなかった？」

「いえ、逆に明るいと寝られないタチでした」

「じゃあ大丈夫だな。ああ、そんな固くならないで、リラックスリラックス」

そういわれても、辺りが暗くなれば嫌でも肩に力が入った。

「目ぇつぶって。腕だして――」

今度は間違えずに左腕を差しだした。出は篤彦の腕をテーブルに置き、そっと指を絡ませた。隙間なくつながった指の間から、徐々に熱が伝わってきた。

「疲れないようにテーブルに肘くっつけとこ。今日は力入れなくていいけど、絶対に手は離さないで。指先に意識を集中して静かに呼びかけて、なるべく優しくね」

最前とは別人のような、ひそやかな声が間近から囁きかけた。

「声はださないで胸の中で呼ぶんだよ、ここに来てくれ、話がしたいってね。僕の声が聞こえなくなったら、呼びかけなくていいから、じーっと指先に精神統一してて」

目を閉じたまま、篤彦は黙って頷いた。

「眠くなったら寝ちゃってもいいから、呼ばれるまで何があっても目をあけないで」

篤彦は出にいわれた通り、指先に全神経を傾けた。ふーっと長く息を吐く音が、篤彦の鼓膜をくすぐり、出が精神を統一している気配が伝わってきた。

「日、出《い》づるところの国より、黄泉《よみ》の国に昇りたまいし御霊《みたま》よ。ここにいで、その姿を我にたまえ。我は御身《おんみ》、紀ノ本眞斗の霊を呼び寄せし者。我に宿り、その声をたまえ――」

天

で呼びかけた。
抑揚《よくよう》のない呼びかけが淡々と続く間、篤彦は熱くなる指先を見つめ、祈るような気持

来てくれ、眞斗――。オレはここにいる。お前に会いたい、お前の顔を見たい、声を聴きたい。もう一度、お前と話すチャンスを与えてくれ。

胸の内で何度も念じ、根気よくその名を呼び続けた。疑いはかけらも残っていなかった。今は出の力を信じ、賭けるしかない。来てくれ眞斗、ここに現れてくれ、オレの前に。

出の声が次第に遠くなり、やがて何も聴こえなくなった。

篤彦は無の世界にとり残された。つないだ指の感触さえ、どこかへ飛んでいた。たぶん、これは自己催眠というやつなのだろう、おぼろげながら篤彦は察した。気分は落ち着き、晴々としていた。

身体はふわりと軽く、雲の上に浮かんでいるような気がした。狭い室内にいることも忘れ、篤彦はすがすがしい風を肌に感じ、新鮮な空気を吸いこんだ。瞼の裏に映る景色は、白くぼんやりして、わずかに虹色を宿していた。

篤彦は浮き立つ気分で夢の中を歩いていた。歩調は軽く、どこまでもどこまでも永遠に歩いていけそうだった。

篤ちゃん――。不意に、耳の奥で呼びかけられた気がして、篤彦は目覚めた。

目の前に、眞斗がいた。

6

篤彦は、しばらく状況を摑めずにいた。

自分がどこにいて、何をしていたのかも定かではなく、ただ呆然と目の前に現れた眞斗の姿に見入るだけだった。夢にしては生々しすぎ、現実にしては突飛《とっぴ》すぎた。

「篤ちゃん」

呼びかける声は、生前の眞斗そのものの柔らかいトーンだった。茶色がかった瞳、緩《ゆる》くウエーブのついた髪、ひき締まった口許。すべてがありありと篤彦の前に蘇っていた。

「眞斗……？」

篤彦は掠れた声で呼びかけた。

眞斗は潤んだ眼差しをまっすぐ篤彦に向け、頷いた。

「眞斗…ホントに、眞斗なのか…？」

「やだな。よく見てよ、ホラ」

眞斗は微笑みながら、右の掌を返して見せた。親指の付け根に、慢性化して固くなったグリップだこがくっきり見てとれた。

「幽霊じゃないだろうな…？」

「一応足ははえてるよ」

左手を握り合わせたまま、眞斗は座卓から身体をずらし、篤彦の前に全身を露《あらわ》にした。眞斗は練習用のデサントのコスチュームを身につけていた。白いショート・パンツの下から伸びた膝に、高校時代に擦りむいた時の傷跡を見て、篤彦は目頭を熱くした。

「眞斗……！」

思いが昂り、篤彦は眞斗の腕を引き寄せ、その身を胸に抱きしめた。

肩の広さも胸の厚さも、生前の眞斗そのままだった。生きていた時でも抱き合うことなど、勝利した試合の後、歓喜にまかせてつかの間に試みる程度だった。そのかすかな記憶が、篤彦の胸に大きな感激を呼びおこし、抱きしめる腕に力をこめさせた。

「よかった。会えてよかった、眞斗……」

歓びがこみあげ、涙がとめどなく溢れた。

「オレも、篤ちゃんに会いたかったよ」

眞斗も同じように、篤彦の肩に顔を埋めて涙にむせんだ。

「ママは元気？」

「ああ、時間はかかったけど、何とか立ちなおって元気にしてる。ママは立派だよ」

「よかった、それが一番心配だったんだ」

「でも、これで安心だ。元気なお前の姿を見せてやれるから」

篤彦は間近から眞斗の顔を見つめ、褐色の頬を指でなぞった。

「ホントに全然変わってないな、お前。お前が死んだなんて、どうしても信じられなかったけど——やっぱり嘘だったんだな、信じなくて正解だったよ」

眞斗はふっと睫毛を伏せて、寂しげに微笑んだ。

「嘘じゃないよ、篤ちゃん。わかってるだろ？」

「何いってんだよ」

篤彦はもう一度眞斗を抱きしめ、迸《ほとばし》る血潮の熱さを確かめた。

「ちゃんと生きてるじゃないか。ほら、心臓だって立派に動いてる」

右手を眞斗の胸に添わせ、篤彦はその鼓動を嬉しく受けとめた。

「ううん。オレはオレだけど、この身体はオレのものじゃない」

眞斗はそういって、怪訝《けげん》そうな篤彦の顔を見あげた。

「思いだしてよ、篤ちゃんがオレを呼んだんだろ？」

「ああ…そうだよ、だけど……」

どうしてこうなったんだっけ。記憶の糸をたぐっても、思いだせなかった。

「お前は、ここにいるじゃないか」

「篤ちゃん、オレは死んだんだよ」

眞斗は無情にいいきった。

「運命なんだ、変えられない事実なんだよ。それをわかってよ。わかってくれなきゃ、オレ安心して成仏できないじゃないか」

肩に食いこむ指を感じて、篤彦はその残酷な言葉を拒絶した。

「嫌だ――！」

篤彦は子供のように喚《わめ》いた。

「そんな、そんなこと信じられるか！　お前は生き返ったんだ、そうだろう？」

「違うったら」

眞斗は焦れたように篤彦の肩から指を下ろした。

「オレの実態はもうこの世にないんだよ、この子の身体を借りてるだけなんだよ」

この子？　この子とは誰のことだ？　おぼろげに納得できても、その顔も名前も蘇ってはこなかった。眞斗の実態がすでにないという事実だけが、篤彦の胸を深くえぐった。

「いいよ、なんでもいい。お前に会えるなら…」

篤彦は眞斗の顔を引き寄せ、頰擦りした。生前には叶わなかった行為も、今は可能だった。素直に自分をさらけだせるだけで幸せだった。

「嬉しいよ。篤ちゃんがそんなにオレのこと思ってくれてたなんて…」

眞斗の髪が額に触れ、吐息が頰に吹きかかった。

「あたりまえだろ、誰より大切だったよ。忘れることなんかできるかよ」

「オレも篤ちゃんのこと、忘れたことないよ」

篤彦の胸に顔を押しつけ、眞斗は「ごめん」とむせび泣いた。

「ごめんよ、心配かけて。ママや篤ちゃんに辛い思いさせちゃって……」

「眞斗、お前…自分であんなことしたんじゃないよな」

篤彦の胸で、眞斗はぴくりと強張った。

「それだけは違うって思いたいんだ。あれは、お前の仕業《しわざ》じゃないって」

眞斗は顔を起こし、悲しそうに首を振った。

「自分でしたんだよ」

「嘘だろ？」

篤彦は愕然として、眞斗の顔を見すえた。

「本当のこといってくれよ、誰かを庇《かば》ってるんじゃないのか？」

「嘘じゃないよ。魔が差したともいえるけど…自分のせいだよ、ああなったのは」

「そんなに、何を思いつめてたんだ？　死にたいほどの悩みがあったのか？」

眞斗の肩を揺さぶって、篤彦は問いかけた。

「訊かないで。いえないよ、ママや篤ちゃんには口が裂けても。でもオレ、死にたくてあんなことしたんじゃないんだ。それだけはわかって。今は馬鹿だったたって反省してる」

「じゃあ、事故なのか？　衝動的にしたことなのか？」

「訊かないで――」

くり返し訴え、眞斗は唇を噛みしめた。

「お願いだから、そのことには触れないで。じゃないと、オレ篤ちゃんに呼ばれても、もうでてこられないよ」

意地っぱりの性格が露になり、篤彦は言葉を失った。

「眞斗……」

「もう行かなきゃ。あんまり長いことといられないんだ」

「待ってくれ。もう訊かないから、あと少しだけ――」

「ダメだよ。これ以上いると、この子の心臓に負担がかかるから。オレと違って、頑丈な身体じゃないんだ」

わかってよ、といって、眞斗は自ら篤彦の首に腕を絡めた。

「篤ちゃん……」

耳に熱い息がかかり、唇が頬に擦れた。

頬から移動した唇が篤彦の唇に触れ、ためらいがちに押しつけられた。熱のこもった唇と、かすかにくすぐる舌の感触が、篤彦の頭を痺れさせた。

なぜ――？　混濁《こんだく》した意識の隅で、篤彦は問いかけた。

そうだったのか？　お前も、オレが求めたように、オレを求めてくれていたのか――？

恋しさと切なさ、新たな無念が一気に押し寄せ、篤彦は我を忘れて両腕で眞斗を抱きしめ、激しく口づけた。

激情の波に溺れたまま意識が浮遊し、やがて辺りは無一色になった。


瞼の裏に、ぼんやりと赤い光が灯っていた。

かすかに目を開くと、豆電球の灯がおぼろげながら差しこんできた。次第にピントが合い、薄闇の中で天井の木目がはっきりと目に入った。

篤彦はハッと我に返った。気がつけば、畳の上で大の字になって眠っていた。

いったいどのくらいの間眠っていたのだろう？　時間の感覚は失われ、本当に覚醒したのかどうかも疑わしかった。

オレは確かに眞斗に会った。その記憶だけは鮮明に篤彦の脳裏に刻みこまれていた。疑いようもない眞斗本人と再会し、言葉を交わし抱擁した。腕にまだぬくもりが残っていた。

そして最後に、生前には決してしなかったことをオレにした。

突発的な口づけの余韻は、篤彦の胸を熱く満たしたままだった。

眞斗――。腕の中にいまだ消え去らぬ体温を感じて、篤彦はその身をひき寄せた。

瞬間、篤彦は完全に正気をとり戻した。自分の肩に寄り添うようにして眠っている出を見るなり仰天した。慌てて腕を抜き、腰で這いずり後じさったものの、座卓にぶつかり脚をバタバタさせるあり様だった。

なんてこった――！　現状を知って、篤彦はパニックを起こした。

オレは、オレはいったい何をやらかしたんだ⁉

眠った出の唇が生々しく濡れているのを見て、篤彦は叫びだしそうになった。

まさか――？　おそるおそる唇を舐めてみると、粉砂糖の甘さがすっと舌先に溶けた。

オーマイガッ。この状況にはまったく不適切な、呪いの言葉が洩れた。

なんということをしてしまったんだ、オレは。篤彦は呻き、頭を抱えた。

それから、あたふたと身を乗りだして、出の口許に手を伸ばした。痕跡だけでも消しておこうと袖口で拭おうとした時、出がうっすら瞼を開いた。

わっ――！　またしても動転し、篤彦は後ろに飛びのいた。心臓は早鐘のように高鳴り、呼吸がぜいぜい乱れた。

「う……ん」
二、三度まばたきすると、出は気だるそうに寝返りを打った。
「あー…かったりィ。今、何時だろ？」

「さ、さあ…ここには時計がないんで」

出の濡れた唇を正視できず、篤彦はむやみにかしこまっていた。

「なんか…ムッチャたるい。どうだった？」

ものうげにいい、出はゆっくり身を起こした。

「すっ、すみませんでした！」

反射的に、篤彦は畳に手を合わせ土下座していた。

「なに？　なんかあったの？」

出は面食らって、目をパチクリさせた。

「全然記憶ないからさあ、いきなり謝られてもわかんない」

なんだ？　覚えてないのか。篤彦は自分の失態に赤面した。

ヤブヘビだった…。あんなこと、正直にいえるワケがないじゃないか。

「その…あんまり感激して、ついギュウギュウ抱きしめたりしたもんで…」

「ホント？」

出はパッと目を輝かせ、篤彦の前に飛び起きた。

「じゃあ、巧くいったんだね。やったー、大成功じゃん！」

我がことのように喜ぶ顔を見て、篤彦もぎこちなく笑い返した。

「はあ…おかげさまで」

「気にしなくていいよ、よくあることだから。痣が残るくらい抱きしめる人もいるし、中には五歳の男の子と思って、僕を抱きあげて放り投げたお父さんもいたから。後でギックリ腰になっちゃったけど」

出は愉快そうに笑った。

「それだけ喜んでもらえれば、僕も本望だし。あ――」

出はやにわに座卓に乗りだし、弾んだ声を上げた。大皿に置かれたリング・シューのいくつかが外に散らばり、砂糖がこぼれていた。

「一、二、三……やっぱりひとつ足りない。眞斗君、食べたんだ」

へ――？　篤彦は呆気にとられて、その残骸を見下ろした。

いつ食べた？　オレが眠ってからか？　それにしても、行儀が悪い。

「つっても、実際消化すんのは僕だけど。うー…やっぱ、少し胸焼けしてる」

出は腹をさすって、苦しい息を吐きだした。

「でも、先生の役に立ってよかった。じゃあ、悪いけど疲れたから寝るワ、僕」

眠い眠いとこぼしながら、出はいかにも疲労困憊《こんぱい》した様子で立ち上がった。顔色も優れず、切れ長の目の下には、くっきりとクマが表れていた。

心もとない足どりを見て、篤彦は立ち上がりその肩を支えた。身体が弱いから、負担が大きいといった眞斗の言葉を思いだし、感謝と同じ分の心苦しさを感じていた。

「悪かったね、こんなに疲れさせて」

「平気平気、いつものこと」

明るくいって、眞斗は襖を開いた。

「その代わり見送りはしないけど。あ、僕の部屋そこだから──」

出は「またね」といって、廊下のとっつきにある洋式のドアに向かった。

「ありがとう、おやすみ」

ドアの向こうに、青々としたカーペットと黄色いヒマワリ模様のベッド・カバーが見えた。派手な色彩の中に消えていく出を見送って、篤彦は静かにその場を離れた。

階段の下では、出の母の昌子が待ち構えていた。

「遅くまでお邪魔しました」

頭を下げると、昌子は興味津々の顔を近づけてきた。

「いかがでございまして？」

「おかげさまで、神秘的な体験をさせて頂きました。想像以上の感激でした」

正直に告げると、昌子は厚塗りのファンデーションがヒビ割れるほどの笑顔を作った。

「まあ、オホホホ。皆さん、そうおっしゃいますのよ。宅《たく》の出の霊能力は見せかけではございませんの。あの子は、皆様のお役に立つために生まれてきたんですわ」

「そうでしょうね、きっと…」

相手が何を欲しているのかを察して、篤彦はすぐに内ポケットに手を入れた。

「わずかですが」といって〝お気持ち〟を差しだすと、昌子はむっちりした手を振り振り盛大に恐縮するフリを見せた。

「まあまあ、そのような――ほんの人助けのつもりですのに。さよざいますか？　それでは、ありがたく頂戴させて頂きますわ」

中を見たら、そう恐縮はできないだろうな。篤彦は今一度黙礼して、玄関に向かった。

コロコロと笑う昌子のふくよかな顔には、出が受け継いだと思われる要素はひとつとしてなかった。あの部屋の遺影を見ても、出が完璧に父親似だということがわかる。

「紀ノ本様――」

昌子のカン高い声が背中に突き刺さった。

「次回はどうなさいます？　ご予約なさいますか？」

人助けといった舌の根も乾かぬうちに、それか。篤彦はいささか辟易して振り向いた。

「いや…かなりお疲れの様子でしたし、あまり負担になっても…」

「ご遠慮には及びませんわ」

昌子は大柄のワンピースに包んだ身体をきしませて、迫ってきた。

「紀ノ本先生には最大限の便宜《べんぎ》を計らうよう、出にもきつく申し渡されておりますのよ。いかがでしょう、来週の同じ曜日と時間をおとりしておくというのでは？」

「でも…翌日に学校もあるでしょうし。明日の体調を見てからでいいですよ」

気勢を削《そ》がれたのか、昌子は丸い鼻に皺を浮かべて反《そ》り返った。

「さよですか。まあ、無理にとは申しませんけど。なにぶんにも予約の方が引きも切らないものですし、今度いつにと仰られても、すぐというワケには参りませんので」

剣呑《けんのん》にいい放つ昌子の姿に、篤彦は激しい拒否反応を覚えた。

なんでそんなに酷使する？　どうせ短い命ならと、フルに稼いでもらう算段なのか。母親なら、金のために子供の寿命を縮めるような真似は決してさせるべきじゃない。

眞斗に会いたいのは山々だったが、こんな母親の手の内で踊らされるのも御免だ。

「とにかく、今夜はこれで失礼します。次回のことは、またイヅル君と相談しますので」

「今後は、麻路がうけたまわります」

きっぱりいう顔には、直接交渉は許さないという強い意志が漲《みなぎ》っていた。

「わかりました」

あっさり返して、篤彦は神代邸を引き上げた。

7

その晩、篤彦は眠れない夜をすごした。

帰宅して咲子に対面したとたん、「眞斗に会ってきたよ」と口走りそうになり、何ともいえない後ろめたさを感じたものだった。

ベッドに入っても、再会したばかりの眞斗の姿が生々しく瞼に浮かび、呼びかける声が耳を占領した。肉体は失われても、自我は現存している。今の言葉で今の思いを篤彦に語りかけてくる。その鮮烈な印象は、容易に消し去れるものではなかった。

こんなこと誰にもいえない。咲子にも国枝にも、到底打ち明ける気にはならなかった。

霊媒というものは、あたかも故人の霊がとりついたように語るだけだと信じていたが、出のパワーはそんなハンパなものではなかった。姿、声、仕種《しぐさ》までが正に生前そのままに憑依して現れる。あまりにも超常的な現象を体験すると、人はかえって口をつぐむものだ。話したところで、信じてもらえまい。そのパワーを体験した多くの人が具体的には語らないのが、篤彦には理解できた。話せば話すほど嘘臭くなるし、うっかりすれば狂人扱いされかねない。同時に、軽々しく他人に打ちあけられないために、さらに深みにはまる危険性をもはらんでいた。

時間が経てば経つほど、篤彦の欲求は強くなっていった。

もう一度眞斗に会いたい。

診療室にいても、思い浮かぶのは眞斗のことばかりだった。

温かい唇の感触を呼び覚ましては、やるせないため息をついた。そんな篤彦の姿を見て、咲子は「かなり重傷ね」とからかった。誰かに恋をし、うわの空になっていると信じているらしかった。

あながち勘違いでもない、と篤彦は認めた。オレはもう兄として眞斗に会いたいとは思っていない。思いがけないキスの余韻が、秘めたる執着をもたらしていた。

三日を待たずして、篤彦は神代邸に電話を入れた。

早めに予約をしたいというと、麻路はにべもなく「年内はいっぱいです」と返してきた。

「今からですと、早くても二月の中旬になりますが」

篤彦の〝お気持ち〟の中身を見て、優遇する気持ちはさらさらなくなったのだろう。いたって事務的に処理する態度には、依頼人の切迫した心情を思いやるゆとりは微塵も感じられなかった。篤彦は失望を抑えて、相手の指定した日時を受け入れた。

「イヅル君がご在宅でしたら、ちょっとお話したいんですが…」

「イヅル様は、お客さまとは直接お話なさいません」

けんもほろろに電話を切られ、篤彦は「クソッ」と呻いた。

なぜ、あの時予約をとらなかったのだろう。自分の愚かさが腹立たしかった。

昌子のいう通り、翌週の日曜に指定してもらえばよかった。そうすれば、今こんなに悶々とすることもなかったのに。

篤彦は一人、診療室のマッサージ・チェアーに腰かけていた。

咲子は、今夜もどこへやらでかけていった。きっとまた、テッドから夕食にでも誘われたのだろう。咲子はそうやって時と共に眞斗の死を受け入れ、浄化していくのだ。

オレには無理だ――。一人になり、思いはより切実に膨らんでいった。

敷布を張った長椅子に手を這わせ、篤彦はそこに横たわっていた眞斗を思い浮かべた。

去年の秋ごろ、アメリカのジュニア・トーナメントで準優勝した後だ。長いツアーを終えて戻ってきた夜、眞斗は疲れた身をここに投げだし、心身を解放させていた。

日焼けした上半身に、タオル一枚をかけただけの姿が目にも眩しかった。

「疲れた疲れた。もう全身ガチガチ、揉《も》み甲斐あるだろ」

「確かに、えらく凝《こ》ってるな」

電気治療は痺れるから嫌だといって、眞斗はマッサージを好んだ。篤ちゃんの指は魔法の指だとおだてられ、いつも全身をまんべんなく揉みほぐしてやった。

身体の隅々まで傷めた筋肉を確かめ、集中的にケアした。どこが弱く、どこに負担がかかるかを篤彦は熟知していた。眞斗は安心して身体を預け、心地よい刺激で疲れを癒した。一時間も続ければ汗びっしょりになったが、篤彦は厭《いと》わなかった。その身体に触れ、たわいないお喋りをして過ごす時間が、何にも増して楽しかった。

「すげえ気持ちいい……。最高……」

うっとりいって、眞斗は革張りの四角い枕に顔を埋めた。

ツボを押す度に、甘い呻きが唇から洩れ、篤彦の耳をくすぐった。ここを押せば効くだろうな、と思うところで的確な反応が返ってくるのが嬉しかった。

「篤ちゃん、ツアーについていてきてくれたらいいのにな…」

「患者を放りだして何ヵ月も？　無理だよ」

肩甲骨《けんこうこつ》の下を揉みほぐしながら、篤彦は苦笑した。

「だって、みんなトレーナー同行だぞ。でもなきゃ、身内がついてくるし。オレだけ、いつも一人なの、寂しいよ。ママも来てくれないしさぁ…」

駄々っ子のように拗《す》ねる口調も可愛かった。それができたら、どんなにいいだろうと篤彦は思った。反面、あまり接触しすぎてはいけないという自制心もあった。

「一人じゃないだろ、コーチがついてるじゃないか」

「鬼ガワラぁ？　あれなら、いない方がマシ」

ベテラン・コーチの鬼川《おにかわ》を、眞斗は鬼瓦と呼んで嫌っていた。期待するあまり、かなりハードな練習を強要するらしい。精神面でも、折り合えない部分が多いとこぼしていた。

「篤ちゃんが一人いてくれた方がずっといいや。毎日揉んでもらえるし、試合中に何かあっても、すぐ応急処置してもらえるだろ」

「そりゃそうだけど…毎日揉まされるのは勘弁だぜ」

篤彦は笑って受け流したが、眞斗はいつになく執拗に訴えた。

「今はダメでも、そのうちついてきてよ。オレ、賞金バンバン稼いで、このクリニック閉めても食っていけるようにするからさ」

「お前に食わせてもらうのか？　ぞっとしねえな」

茶化して、篤彦は腰の窪みにきついひと押しをくれてやった。眞斗はうっと呻いて、張りつめた肩をだらんと落とした。

「効いたァ…今の。ねえ、いいだろ？　オレ専属のトレーナーになってよ」

「わがままいうなって」

篤彦は額の汗を拭って、息をついた。見下ろす身体は褐色に濡れ光っていた。

「ここはボロくても、親父が残してくれた唯一の財産だぜ。潰すワケにはいかないよ」

「人を雇えばいいじゃん」

眞斗は顔を振り向け、篤彦を見上げた。

「改築して、もっときれいにしてさあ。篤ちゃんは院長におさまってりゃいいんだよ」

長い睫毛の下から訴えかける眼差しが、篤彦を攻略した。

「ああ、そうできればな」

「まかせて。あと二、三年で実現する」

眞斗は自信たっぷりに宣言した。まっすぐ見つめる瞳がキラキラ輝いていた。

「そのためには、もう少し鍛えなきゃな」

少し気恥ずかしくなって、篤彦は話題を変えた。

「ストレッチ、さぼってるんじゃないか？　かなり固いぞ」

「筋肉使いすぎたんだよ。ねえ、脚の方もやって」

請《こ》われて、篤彦は眞斗の太腿に手を移した。張りつめた肉の弾力が指を弾き返した。

「付け根ンとこ、そこ一番効くんだ…」

いわれた通りに押してやると、眞斗は枕に突っ伏して、「ああっ…」と切なげに身を捩らせた。

「いいよぉ…すンげ感じる。ああ…もっと、もっと強くして…」

「変な声だすなよ」

篤彦は少し落ち着かなくなった。眞斗の反応がいつもより顕著で生々しかったからだ。

「だって…ああン、マジいい…。これって、セックスよりいいかも…」

不規則な息を吐き散らして、眞斗は喘いだ。おいおい…篤彦は焦った。

「そんなに、そっちの回数こなしてんのかよ？」

兄らしく余裕をもって対応すると、眞斗は急に黙りこくってしまった。

「ツアー中に何やってんだか。鬼瓦のチェックも甘いな」

笑ってやり過ごすつもりが、眞斗は反応しなかった。腿からふくらはぎに指を往復させながら、篤彦は背中から冷や汗が吹きだすのを覚えた。

「ま…試合中は、ほどほどにしとけよ」

間を外して、篤彦はとってつけたように諭《さと》した。

「でもさ…」

枕に額を押しつけたまま、眞斗は吐息まじりに呟いた。

「オレ…今いち、相性…悪いみたい」

言葉の隙間からかすれた息が洩れ、篤彦の胸を騒がせた。

「相性って、誰と？」

「女の子と。オレ、ひょっとしたら、ゲイかも…」

篤彦は絶句し、膝の裏を揉んでいた指が止まった。

「なーんてね。だったら、どうする？」

眞斗の肩が小刻みに震えているのを見て、篤彦は遊ばれたことに気づいた。

こいつ、オレをからかって楽しんでるのか？　無性に頭に血が昇った。

「どうするもこうするも――」

篤彦は不機嫌にマッサージを再開した。

「お前が誰とつき合おうが、弟なんだからマッサージぐらいはしてやるよ」

「弟だから、ね…」

眞斗はまだうつぶせたまま、肩を震わせて笑っていた。

オレに彼女がいないからって、小馬鹿にしてるのか。篤彦は、遊ばれた自分が腹立たしかった。今までガール・フレンドはいても、男の友人と同等に距離を置いていた。それ以上を求める気持ちがなかったことを、別に悔いてもいなかった。

十三の歳から、義理の弟しか目に入らなかったからといって、自分はどこかおかしいと悩んだこともない。欲望ではなく、純粋な愛情で接してきたからだ。なのに、こんな風にあしらわれても仕方ないほど、オレは眞斗にのぼせ、甘やかしてきたのか。

「篤ちゃん……」

囁く声はかすれ、聴きとりにくかった。

「何だよ？」

「オレって…弟でしかないのかな？」

かすかな震えが指先に伝わってきた。その時初めて、眞斗が笑ってはいないことに気づき、篤彦は愕然とした。

「オレ…篤ちゃんのこと……」

篤彦は動揺し、眞斗の身体から手を引いた。

「よせよ、おかしなことというな」

「やめないで」

くぐもった叫びが洩れ、眞斗の身体がぴくんと持ち上がった。

「もっとして…お願い、すごく感じる。もっと感じたい…」

焦れたように「して」と訴え、眞斗は切なげに下肢を震わせた。

「辛いよ、篤ちゃん…辛いよ…」

まだからかわれているんだろうか？　真《ま》に受けたとたんに、飛び起きて舌をだすんじゃないか？　篤彦は狼狽し、どうしていいかわからなかった。

「悪ふざけもその辺にしろ」

篤彦は平静を装い、眞斗の背中をぽんと叩いた。

「終わり、シャワー浴びてこい」

その場を離れ、篤彦は必要もないのにデスクに逃げこんだ。

肩ごしに伺うと、眞斗はまだ長椅子にうつ伏せたままじっとしていた。

なんであんなことを――？　ざわめく胸を抑えて、篤彦は自問した。

今までと違いすぎる。初めて見る弟の痴態に篤彦はうろたえ、我を失いかけた。

眞斗が何を要求しているのか、わかっていた。すぐにでも仰向けて、抱きしめてやりたかった。許されるなら、この指で若い欲望を鎮《しず》めてやりたい。

そんな衝動に駆られた自分を篤彦は恥じ、激しく嫌悪した。

許されることではない。苦しい思慕が胸を締めつけ、瞼が熱くなった。

いくら血はつながっていなくとも、オレたちは兄弟なんだ。

亡き父と、咲子の悲しげな顔が浮かび、篤彦は苦痛と安堵を交互に嚙みしめた。衝動に負けてはいけない。あの二人を悲しませるようなことが、あってはならない。

実際、あんなでき事は、ただの一度きりだった。

あれ以来、眞斗はおかしな素振りを見せることもなく、兄としてトレーナーとして自然に篤彦に接していた。軽口を叩いてはたわむれ、時には人生の先輩として頼りにした。

一抹の寂しさを感じながらも、篤彦はその状態に満足していた。弟に本心をさらけだすよりは、それを我慢する方が、精神的にはずっと楽だったのだ。

しかし、今眞斗を失ってみて、篤彦は深く己《おのれ》を悔いていた。

こんなことになるのなら、素直に自分の欲望に従っていればよかった。

今ならわかる。眞斗はあの時、オレを試したのだ。幼い頃から育まれてきた愛情が、時と共に変化しても不思議はない。誰に恥じることがあるだろう。

オレは確かに眞斗を愛し、あの子もオレを愛してくれた。決して自惚《うぬぼ》れではないと今なら信じられる。

あの時、眞斗が勇気をもって示した愛情を、受けとめてやれなかったのが、篤彦には無念でならなかった。

眞斗――お前はあれから、どんな思いを胸に秘めて暮らしていたんだ？

オレや咲子には決して話せないといった、お前の死に至る動機に、オレも起因《きいん》してるんじゃないか？　その恐れは、篤彦の胸に澱《おり》のように沈んでいた。失ってみて、初めてその存在の大きさがわかる。今まで知り得なかった真実さえも浮かび上がってくる。篤彦は確信し、迷いを捨てた。

お前に詫びたい。勇気のなかった自分を認め、心からお前を愛していると伝えたい。たとえ肉体は滅びようと、お前の魂は存在する。これから、新たに築いていける関係があるはずだ。誰にも知られず、二人だけの秘密の世界で。

8

こんなことはルール違反だ。

わかっていながら、篤彦は休診日でもある木曜の午後、やむにやまれぬ思いで、出の通う高校を訪ねることにした。

初対面の時、シャツのポケットについていた校章を記憶していたことで、学校はすぐに特定できた。予約の日時を早めたいというよりは、出に会うことで眞斗との再会を追体験したい欲求が勝っていた。単純にいえば、一人で悶々とする虚しさを解消したかったのだ。

篤彦はすぐに、世田谷の一角にその学校を見つけた。出の自宅から、優に自転車で通える距離だった。そこそこの伝統と偏差値を誇る中・高一貫の私立の男子校は、いかにも箱入り息子のために昌子が選びそうな環境を備えていた。

案内図を頼りに、篤彦は校舎を目指して、冬枯れた桜並木の道をのんびりと歩きだした。昼の日差しは温かく、木々を吹き抜ける風も心地よかった。人通りはなく、まっすぐな道をどこまでも歩いていけそうだった。

眞斗の霊に出会った時も、こんな感じだったな。ぼんやりと思いを馳《は》せていると、風に乗って耳に馴染んだ音が聴こえてきた。

硬球のボールをラケットが打つ音。ぽーん、ぽーんと小気味よく響くリズムに誘われ、篤彦の足はひとりでに道を折れ、テニス・コートに向かっていた。

いっ時は耳にするのも嫌な音だった。目に触れるのも恐ろしい場所だった。なのに、今の篤彦にはたまらなく懐かしく、親しみ深く思えた。そこに行けば、眞斗の面影に出会える気がした。いや、眞斗本人がそこにいるような錯覚さえ覚えた。

テニス部の部活の時間なのか、同じデザインのユニホームをつけた少年たちが、四面のコートに別れて打ちこみをしていた。その周囲で球拾いに奔走しているのは、たぶん下級生なのだろう。十数名いる中に、一人だけ制服姿でサーブの練習をしている男の子がいた。

長袖のシャツを肘までめくり、黒い長ズボンでコートに立った姿をひと目見て、篤彦はすぐにそれが出だと気づいた。

やはり、オレの勘は正しかった——改めて、深い因縁を感じずにいられなかった。

確か、運動は家で禁止されている、テニスはやっていないといってたはずが、どういう心境の変化だろう？

フェンス際で首を傾げている篤彦に、出は反射的に目を向けた。まるで打てば響くような反応の速さに、篤彦は笑いを堪えられなかった。

出の唇が「あ」という形に開かれ、すぐに大きな笑みに変化した。ただちに、こちらに向かって走ってくるのを見て、篤彦は慌てて「ノー」のサインを送った。

「いいよいいよ、すぐ来なくても。部活の途中だろ？　待ってるよ」

出は構わず、息を弾ませて駆け寄ってきた。

「平気、僕部員じゃないから。時々練習にまぜてもらってるだけ」

「どうしてまた、急に？」

「たまには運動しろっていったの、先生だよ」

無邪気な笑顔につられて、篤彦も笑った。

「そうだったな。でも、なんでテニスなんだ？」

出は「へへへ」と思わせぶりの笑みを浮かべた。

「たまにいるんだ、やたらインパクトの強い霊ってのが」

「なるほど」

納得して、篤彦はグリップを握る出の右腕に手を添えた。

「どうりで、まだフォームが甘いな。握りはこう、スタンスは——」

素振《すぶ》りを教えてやると、出ははしゃいだ声をあげた。

「へえ、先生もできるんだ？」

「門前の小僧、習わぬ経を読み。長年、弟につき合ってたら覚えちゃったよ」

「よく打ち合ったりとかした？」

「たまにはね。オレじゃ相手になんないって、バカにされたけど」

眞斗が半分のスピードでサーブした球も、篤彦には受けるのがやっとだった。右に左に散々振り回され、悔しい思いをしたのが、昨日のように思いだされた。

「あいつのサーブは、最高時速百九十キロだったからね」

「すンげえ、当たったらケガしそう」

出は感嘆し、見よう見まねでラケットを振り回した。眞斗の思いでをこんなに気楽に語れる相手も、他にいないだろうなと、篤彦は実感した。

並んでみれば、背丈は篤彦の目の高さほどだった。眞斗と並べば、肩までしかないだろう。肩幅も胸の厚さもひと回り小さいこの子に、あの時は間違いなく眞斗が乗り移っていたのだ。改めて、あの神秘体験の不思議を思わずにいられなかった。

オレが来るのを察していたのだろうか？　出は一向にその理由を尋ねようとはしなかっ

た。突然学校に現れた篤彦をすんなり受け入れ、弟の思いで話を楽しそうに聴いてくれる。霊能力者というよりは、まるで古くからの友人に会ったような気分だった。

「先生、ちょっと待ってて。ラケット返してくるから」

そういうと、出は速やかにコートに戻り、借り物のラケットを置いて、また駆け足で戻ってきた。

「じゃあ、一度先生に練習相手になってもらおうかな」

「いいよ。オレでよければいつでも」

桜並木を肩を並べて戻りながら、篤彦はいつになく楽しい気分を満喫していた。

「よかった。先生、あれから全然連絡してくんないから、僕嫌われたのかと思ってた」

「なんだって——?」

篤彦は驚いて、出の横顔を見つめた。

「電話したよ、もちろん。三日後ぐらいに。そしたら、次の予約は二月中旬だって」

「なに?　麻路がそういったの?」

今度は出の方が目を丸くした。

「うん。君と話したいっていったんだけど、断られて…。それで、ここに来たんだ」

「麻路のヤロー……!　勝手なこと抜かしやがって。呪い殺したる!」

出は憎々しげに、穏やかならぬ台詞《せりふ》を吐き捨てた。

「いいよもう、会えたんだから。そんなことでパワー使うな」

「僕に会いたかった？」

突然下から覗きこまれて、篤彦は絶句した。悪戯っぽい眼差しが面白そうに瞬いていた。

「そりゃあ…ね、うん」

「やったね」

ぼそっといって、出は納得したようにウンウンと頷いた。

その摑み所のなさは、いまだに篤彦を撹乱した。こんな子供に見つめられてオタオタするとは、オレもよくよく修業が足りない。篤彦は内心でクサった。

校門をでようとしたところで、出は不意に篤彦の腕をぐいと引っぱった。

「こっち――」

「どこ行くの？」

篤彦はよろめきながら、後に従った。どこか秘密の交霊スポットでもあるんだろうか？

「先生、大人だよね」

はあ――？　まじまじと見つめられて、篤彦はまたしても面食らった。

「大人と一緒なら、寄り道してもOKなんだ。この近くに新しいファミレスがオープンしてさ、フルーツてんこもりの、特大のチョコレート・パフェがあるんだって」

「それが食べたい、と？」

「うん」としっかり頷かれ、篤彦は肩の力が抜けそうになった。

「でも、お金持ってないんだ。おごってくれる？」

「仰せの通りに……」

我知らず麻路の口調を真似て、篤彦は腕を引かれるままに歩きだした。


まだ内装も新しい、ファミリー・レストランの窓際の席に、二人は向かい合って座った。

〝話題〟のチョコレート・パフェが運ばれてくると、出は手放しで歓喜の声を上げた。

「おーっ！　これだよ、これ。先生もどう？」

「いや、結構」

「遠慮しなくていいよ、スポンサーなんだし」

篤彦は謹んで辞退した。バケツのようなガラスの器から、クリームやフルーツが溢れそうになった山盛りのデザートを見ただけで、胸焼けしそうだった。

「甘いもの好き？」

「クリーム関係ならね、アンコ系は今いちだけど。霊と関わるには、なるべく糖分摂取した方がいいんだって」

「どういう根拠で？」

「知らない」

出は上の空で忙《せわ》しくスプーンを口に運んだ。嵩高《かさだか》のクリームとチョコレート・アイスがみるみるうちに平らになっていくのを、篤彦はなかば感心して眺めていた。

「改めてお礼をいわせてもらうよ。あの時は…動転して、ちゃんといえなかったけど」

篤彦の感謝を受けとめて、出はニッコリ微笑んだ。

「巧くいって、僕もホッとした」

「正直いって、いまだに信じられないんだ。あんなにリアルな体験ができると思わなかったから…。君のパワーはまさしく超人的だよ」

「僕が眞斗君に見えた？」

ああ、と篤彦は深く頷いた。

「見えたどころか、そのものだったよ。顔も体形も着てるものまで生前と変わらなかったし、傷痕や身体的特徴もそのままなんだ。一瞬、生き返ったのかと目を疑ったほど」

「自己暗示だね」

スプーンをくわえたまま、出はしらっといい放った。

「あの時、先生は催眠状態に入ってたろ？　そういう時は、暗示にかかりやすいんだ。思いが強ければ強いほど、はっきり現れる。僕は何もしてない」

「見え方には個人差があるってこと？」

「そう、見えない人もいるよ。声だけ聴こえるとか、ぼーっと輪郭だけ確認できたとか、人によって現れ方は全部違う。そんなにリアルなのは、むしろ珍しいよ」

「そうなんだ……？　じゃあ、オレはラッキーだったんだな」

「〝ギックリ腰のお父さん〟とかね。想像力のたくましい人や、単純な人がそうなるみたい」

単純ね……。暗示にかかりやすい体質だってことか。それは認めても、暗示だけでは解明できない謎が秘められている気がした。

「君自身は、あの時どういう感覚なの？」

「無――、無だね。真っ白で何もない」

出は即答した。

「夢も見ないから、眠ってる感覚でもない。電気の切れた機械みたいなもの」

早口で語りながら、出はリズミカルにスプーンを往復させた。

「でも、ひどく疲れるんだろ？」

「ん……それも体調とか、その時によって色々」

「眞斗は、呼びだすのが大変そうだって、いってたよね」

「ああ、最初の印象がね。なんか、えらくカッコイイ系に見えたから」

「見えたの？」

驚く篤彦を尻目に、眞斗は表情ひとつ変えずに頷いた。

「まあ、ぼんやりって程度だけど…確認しないと呼びだせないから」

なんというパワーだろう。篤彦は驚嘆し、しばし声を失った。

「カッコイイ男ってたいてい自信過剰だから、簡単にでてきてくれないケースが多いんだよ。だから、芸能人とか映画スターの霊は、受けつけないことにしてるんだ。絶対でてこないのわかってるから、無駄なエネルギー遣いたくないし」

「へーえ、そういうものなんだ…」

今では、出の言葉は全面的に信じられるようになっていた。

「眞斗君、やたらオーラ強いんだもん。身内が呼んでも、こりゃ難しいかもって初めは思ったよ。やってみたら意外と楽だったのは、むこうが先生に会いたがってたからだよ」

「そこまでわかるの？」

「わかるよ、交信するもん」

確かに、これは霊媒のレベルをはるかに超えている。篤彦は深く感じ入った。

「そういえば…眞斗も君のことを気にかけてたな。長くいると負担がかかるって」

「初めに話つけてるから。意識不明が長く続くと、脳障害起こすケースもあるでしょ。それは困るから、ヤバいなって思ったら、帰ってくれっていうよ」

オレの知らないところで、二人が会話している。篤彦は有頂天で、出の話に聴き入っていた。聴けば聴くほど神秘な現象だった。

「いってみれば、その時間だけ僕は操り人形になってるワケ。霊は僕の身体を借りて、初めて生きている人と接触できる。心拍数や体温が近くないと、乗り移りにくいし僕の負担も大きくなるから、それで年寄りは断ることにしてるんだ」

「眞斗の死因は知ってる？」

「うん、聴いたよ。あまり喋りたがらなかったけどね」

そういうと、出は少し気まずそうにスプーンを置いた。いつのまにか、特大のパフェの器はきれいに空《から》になっていた。

「どうしてあんなことをしたのか、も…？」

うつむきかげんの出の顔を、篤彦は探るように覗きこんだ。

「さあ…そこまでは、僕の干渉することじゃないし。直接訊けば？」

「訊いても教えてくれないんだ。あんまりしつこいと二度と来ない、って脅されたよ」

それを聞いて、出はほがらかに笑った。

「ダメだよ、霊を刺激しちゃ」

「まったく。反省したよ」

冷めたコーヒーを啜って、篤彦も同じテンションで笑った。こんなことを、笑いながら話せる時が来るとは、昨日までは想像もつかなかった。

「あれだけリアルに蘇ってくれただけで感激さ。おかげで、ずいぶん救われたよ」

「だからァ、リアルなのは先生のパワーなんだって」

満ち足りた篤彦の笑顔を、出も嬉しそうに受けとめた。

「先生にとっての僕は、パソコンの画面と同じだよ。真っ白なところに、先生の五感が発した情報が組みこまれて、絵になってでてくるんだから」

なるほど。出の説明はシンプルだったが、不思議な情感がこもっていた。

「それだけ、オレは五感が発達してるってことだな。単純なだけじゃなくて」

促《うなが》すように見つめると、出は「かもね」と、意味深な笑みを返した。

「あと、細部に渡って克明に覚えてるってことだよね。身体の隅々まで――」

見透かされた気がして、篤彦は赤面した。赤面したことで、ますますうろたえた。

「そっ、そりゃ…オレは弟の専属トレーナーだったから、嫌でも覚えてるさ」

「嫌でも、ね」

挑発するような笑みを浮かべて、出はおもむろに左手を伸ばしてきた。

「検証してみる？」

「は――？」

篤彦は虚をつかれて、出のどこか大人びた眼差しに吸いよせられた。

「こんなところで…できるのか？」

「どこだって、できるよ」

出はことなげにいった。

一瞬、会いたいという衝動が頭をもたげたが、篤彦は何とかブレーキをかけた。

「やめとこう…」

「眞斗君に会いたくないの？」

「そりゃ会いたいのは山々だけど、ここで、手を握り合ってる図ってのもちょっとな…」

周囲の客を見渡して、篤彦は苦笑した。

「仰せの通り」

出はもったいぶって、腕を引っこめた。

「あの辺の女子高生とかに誤解されそう。キャー、あの二人ホモよ。男の援コーかしら？でもなきゃ、教師と生徒の道ならぬ関係かもォ、なんちゃって」

カン高い声で早口で喋るのを、篤彦は呆気にとられて聴いていた。

「君って…いろんな意味でミステリアスな子だね」

呆れた口調を聞いて、出はまたひとしきりクスクス笑った。

「こんなに話したの、先生が初めてだよ。フツーお客さんと外で会ったりしないもん」

「バレたら、叱られるだろうね」

「平気だよ」

いいながら、出は急に生真面目な顔になった。

「でも、今度は堂々とうちで会おう。日曜の夜、来られる？」

「次の？　三日後だよ、いいの？」

出は平然と頷いた。

「こないだと同じ時間。待ってるから、必ず来てよね」

喜びに押し流されそうになりながら、心の隅で、篤彦は、（これって援コーと同じじゃないのか？）と自問していた。

9

篤彦は預金通帳からまとまった金額を引きだした。

このまま続けたら、あっというまに底をつくだろう。十万円の現金を封筒に入れながら、篤彦は咲子に対して心苦しさを覚えていた。クリニックの経営状況は、決して楽なものとはいえなかった。新しい機械の購入や、父の代からの老朽化した建物の改築も、この分では見送りになるだろう。

申しわけなさを感じながら、篤彦は眞斗に会いたい欲求を抑えられなかった。いつまで続ければ、自分が満足できるのかもわからなかった。

手土産を入れた紙袋を携《たずさ》え、篤彦ははやる気持ちを抑えて神代邸を訪れた。

八時きっかりに門前に立ち、チャイムを鳴らそうとした矢先、ドアが開き、門灯の下に鮮やかなコバルト・ブルーのトレーナーが浮かびあがった。

出は一目散《いちもくさん》に走ってくると、フェンスを開き篤彦を招き入れた。

「すごいね、オレが来たのも霊感でわかった？」

改めて感心する篤彦に、出はふいと肩をすくめてみせた。

「まさか。二階の窓から見えたんだよ」

そっけなくいうと、出は急《せ》かすように篤彦を玄関に引っぱりこんだ。

「早く行って。こないだと同じ部屋」

コートを脱ぐ間もなく階段を昇り始めると、居間の方から麻路が現れる気配がした。

「イヅル様——」

出はチッと舌打ちして、手すりから身を乗りだした。

「あーいいいい、来なくて。お茶もいらない！　来《く》んなよ！」

乱暴にクギを差して、出は篤彦の後を駆け上がってきた。

いささかバツの悪い思いで、篤彦は前回と同じ場所に座った。

「悪いな、予約外の飛びこみで…」

「先生だって、急患を診るでしょ？　それと同じだよ」

急患というよりは自分の都合だが。篤彦は出の立場を案じて、床を指さした。

「下は…諒解してるの？」

「気にしないで。僕の仕事だから、客を選ぶのも僕」

引き結んだ唇に、頑固さが露になった。

気を取り直して、篤彦は手土産の紙袋を差しだした。

「うちにあったお古《ふる》で、悪いけど」

とりだしたものをひと目見て、出は目を輝かせた。

「眞斗の練習用のラケット。よかったら使ってやってくれ」

「うわあ、いいの？　こんな高級なの、誰も持ってないよ」

弾んだ声を上げて、出はラケットを押し抱いた。

「運動は禁止されてるっていってたろ？　ねだりにくいんじゃないかと思ってさ」

「でも…これって大事な形見じゃないの？　僕が貰っちゃったりしていいのかな」

ガットの部分を指で調節しながら、出は気遣うように訊ねた。

「いいだろ、まだ何十本も残ってるし。君に使ってもらえたら、眞斗も喜ぶと思うよ」

出はたちまち晴れやかな笑顔になった。

「じゃあ、あとで眞斗君にもお礼いっとこ。おー、なんか握った感じから違う」

さっそくグリップを握り、嬉々として振り回し始めた。

「こら、こんなところで素振りすんな」

諭しながら、篤彦は目を細めてその様子を眺めた。

二度と開かないつもりだった弟の専用ロッカーから、その一本を選びだす作業も、まったく苦にならないどころか、出の喜ぶ顔を思い浮かべればむしろ楽しかった。

眞斗に会う前に、出に会うことでオレは癒されている。それが、何より篤彦をこの家に引きつける要因だった。まるで、新しい弟ができたみたいじゃないか。

「ありがとう、先生」

正面から真顔でいわれると、少し気恥ずかしくなり、篤彦は話題を変えた。

「先週は、かなり疲れたろ？　明日も学校があるのに大丈夫かな…」

「平気。きついのは初回だけで、二回目からは楽だから」

「そんなもん？」

「いつもそう」と、出は無邪気に笑った。

「冬休みになったら、毎日でも会えるよ」

「それは…いくらなんでも酷《きび》しいな」

そっちはよくても、こっちの懐具合が酷しい。篤彦は苦笑してやり過ごした。

「じゃあ、そろそろいく？」

「いつでも」といって、篤彦は左腕をテーブルに添わせた。もう初回のように緊張することはなかった。受け入れ態勢は整い、心の準備もできていた。

電気が消され、出の指がそっと絡みついてきた。接合したところからじんわりと熱が灯り、心地よさが全身に伝わってきた。耳をすませば、出の鼓動が聴こえてきそうだった。慌てず、騒がず、冷静に——篤彦は胸のうちで念じた。眞斗の姿は、オレの目が創りだす幻想にすぎない。何があろうとも、出の存在を忘れないようにしよう、と堅くいいきかせた。

会いに来たよ、眞斗。篤彦は闇に向かって静かに呼びかけた。

「やあ、篤ちゃん——」

眞斗は初回と同じ服装で、篤彦の前に現れた。

新たな感激と喜びに包まれて、篤彦はしばし言葉もなく、その姿に見入られた。

「この前より元気そうだね」

「ああ…もう以前《まえ》と変わらない。すっかり立ちなおれたよ」

「よかった…」

しみじみと呟きながら、眞斗は握りしめた篤彦の左手を慈しむように撫でた。

「ママは、最近またテッドと会ってるだろ？」

「ああ。でも許してやれよ、ママも寂しいのさ」

眞斗は伏目がちに頷いた。

「うん、もう気にしない。オレさ、こっち来てからずいぶん変わったよ。生きてる頃はつまんないことで腹立ててたけど、そんなの、全部下らないって思えるようになった」

「もう戦うこともないしな」

誰しも、あの世へ行けば悟《さと》りを開いてしまうのだろうか。眞斗の気性の激しさを思いだし、篤彦はいくばくかの寂しさも覚えていた。

「考えたら、オレってチョー身勝手でワガママだったよね。ママや篤ちゃんのいうことにも、逆らってばっかしだったし。コーチのことも馬鹿にしてたし」

「鬼ガワラか？　あいつの精神論は、ちょいと御免なさいだったぜ、オレも」

笑い飛ばしても、眞斗は妙にしんみりしていた。

「でも…オレ、態度悪かったよ。コーチなんかいなくても、オレは一人で天下とれるって思ってたもん。四大タイトル捕って、金バンバン稼いで…夢でしかないのにさ」

「お前ならやれるって、オレも信じてたよ」

お前のその闘志や、負けん気の強さこそをオレは愛していた。その自信は見せかけだけではない、お前自身の努力と才能に裏づけられていた。

「大きな試合になればなるほど、お前は燃えてたじゃないか。オレはそういうお前が誇らしかったよ。反省することなんか、何もないさ」

「相変わらず、優しいね」

「ずーっと甘やかしてきたからな」

時の流れを思い、二人は微笑みを交わしあった。

「謝りたい人、いっぱいいるよ。ママや篤ちゃんはもちろんだけど、鬼ガワラやテッドや…ヒュー・ベネットって覚えてる？　去年、ジュニア選手権の三回戦で対戦した――」

「ああ、覚えてる。最終セットまでタイ・ブレーク続きの、すごい試合だったよな」

確か、眞斗と同年輩のイギリスの選手だった。白熱したプレーがすぐに目に浮かんだ。

「うん。あの試合が、オレの生涯のベスト・マッチだった。今年はウインブルドンで戦おうっていってたのに、彼ともケンカしちゃったんだよね、オレ」

眞斗は唇を曲げて、クサるようにいった。

「イースト・ボーンでも、つまんないことでやり合っちゃってさ…」

イースト・ボーンという地名が、篤彦に苦《にが》い思いでを呼び覚まさせた。眞斗がその短い生涯を断った場所。イギリスの辺鄙《へんぴ》な街のホテルに、篤彦も幾度か足を運んでいた。

「それがずっと心残りでさ。もし彼が日本に来るようなことがあったら、伝えてもらえない？　悪かったって、オレが謝ってたって」

お前の死に関係していることなのか？　訊ねたい気持ちを、篤彦は呑みこんだ。

「わかった。でも、巧く伝えられるかな…」

「きっと信じてくれるよ」

そういって、眞斗はほがらかに笑った。

「オレも…お前に謝りたいことがあるんだ」

ためらいを捨て、篤彦はまっすぐ眞斗の目を見つめた。キラキラ輝く大きな瞳に、今にも吸いこまれそうだった。

「いいよ、いわなくても…」

真意を悟ったように、眞斗は顔をうつむけた。

「ちゃんと伝えたいんだよ」

念を押して、篤彦は空いている指を眞斗の頬に滑らせた。

「ずっと、お前だけを愛してた……」

指先に伝わる頬の熱さが、篤彦の胸を締めつけた。

「篤ちゃん……」

長い睫毛《まつげ》がしばたき、瞳がみるまに潤んだ。

「誰よりもお前を好きだった。でも、打ちあける勇気がなかったんだ」

「その言葉だけで十分だよ」

撫でる指先に、眞斗の右手が重なった。

「オレも…オレだって、いいたかった。篤ちゃんが大好きだって」

眞斗の瞳から涙がひと筋こぼれ、重なり合った手に落ちた。

「でも、いえなかった。ママや紀ノ本のパパのこと考えたら…」

「仕方ないよ、オレたちは兄弟だったんだから」

「知ってる、篤ちゃん？　現世で結ばれないカップルって、いっぱいいるんだよ」

涙を呑みこんで、眞斗は快活に笑った。

「俗にいう道ならぬ恋。ここに来たら、そんなのがわんさといるんだ。心中したカップルもいるしさ。それ思ったらオレ幸せだよ、こうしてまた篤ちゃんに会えたんだもん」

道ならぬ恋、道ならぬ関係。つい最近、どこかで聴いた言葉だと、篤彦はぼんやり思った。しかし、それを発した人物が誰であるかは思いだせなかった。目の前にいる眞斗以外は、すべて篤彦の中で消去されていた。

「オレも嬉しいよ、お前の気持ちがわかって」

右手が頰を引き寄せ、濡れた瞼がこすれ合った。堪えきれずに、眞斗はくっ…と小さな嗚咽《おえつ》を洩らした。篤彦は夢見心地で眞斗の顔を抱き、瞼に頰に口づけた。

「篤ちゃん……オレ、初めて死んでよかったって思った…」

「バカ――」

激情にかられ、篤彦は眞斗の嗚咽を塞《ふさ》いだ。合わさる唇の隙間から、舌が互いの舌を探り強く絡み合った。現世では決して触れ合えなかった分、感激が情熱を誘い、キスはより深く激しくなった。それが篤彦の理性のタガを外した。交霊前に自らに戒めたことなど、とうに頭から抜けていた。

迸《ほとばし》る情熱にまかせて、二人はきつく抱き合い、折り重って倒れた。

小犬がじゃれ合うように上へ下へともつれながら、眞斗は、なおも激しく篤彦の唇を求めた。乱れた衣服の中に右手を差し入れ、胸や下肢を愛撫した。

もどかしさに誘われ、篤彦も眞斗の白いシャツをたくしあげ、小麦色に輝く胸に唇を押し当てた。懐かしい汗の匂い、滑らかな皮膚の感触に篤彦は耽溺した。

これだ――これが欲しかったんだ。欲望のおもむくままに、眞斗の肌を唇で舌で思うさま確かめた。荒い息となまめかしい喘ぎが耳を占領し、篤彦を駆りたてた。

「可愛いよ…眞斗、オレの…オレの眞斗……」

胸の突起を舌で転がし、手に触れるすべてを慈しみ愛撫し続けた。

「あっ…あっ…ああっ、やめて、篤ちゃん……」

眞斗の唇から切れ切れの悲鳴が洩れ、泣きじゃくる声に変化した。

「辛いよ…こんなの、辛いよ…」

眞斗は右腕で濡れた目を隠し、すすり泣いた。

篤彦はハッとして顔を起こした。何をやってるんだ、オレは？　また同じことをくり返す気なのか。もうなんの障害もなく愛し合えるというのに。眞斗の身体を独占できる歓びに舞いあがって、身勝手なふるまいに及んでしまった自分を、篤彦は恥じた。

「ごめんよ、すぐ楽にしてやるからな」

謝罪のキスを唇に投げると、篤彦は右手で眞斗のショート・パンツのボタンを外し、ジッパーを下ろした。スポーツ用のサポーターの下で、はち切れんばかりに勃《た》ちあがったものを見て、篤彦の胸は熱くときめいた。五歳の頃から目に馴染んだはずの可愛い弟の分身が、今はたとえようもなく麗《うるわ》しい官能の武器となって、篤彦の目を射抜き痺れさせた。

「成長したな」

眞斗は頬を赤らめ、「ばか」と唇を尖らせた。そんな反応のひとつひとつが愛しくてならなかった。大輪の薔薇のように咲き誇り、反り返った分身にそっと唇を触れ、溢れた露をぬぐいとった。眞斗は「ああっ」と狂おしく喘ぎ、上体をのけ反らせた。

「ダメ、そんなの…されたら、あああ…」

言葉の接《つ》ぎ穂《ほ》に喘ぎまじりの息が洩れ、篤彦を陶酔させた。篤彦は魔法の指で眞斗の分身を愛撫し、唇と舌で味わいつくした。

「あ、あっ…ああ、はぁ…篤ちゃ…ん」

もっと、っていえよ、あの時みたいに。もっともっと気持ちよくしてやりたいんだよ。

篤彦は瞼を熱くして、愛撫に没頭した。メチャクチャ感じさせてやりたい、思いがつのり、無意識に眞斗の左手から指を外していた。

「ダメ、篤ちゃん――」

一瞬、眞斗の切実な叫びが聞こえたが、篤彦にはさらなる欲望を煽るものでしかなかった。眞斗の脚を開き、篤彦は左手で腰を抱えるようにしてそこにもぐりこんだ。

大輪の薔薇が蕾に変化したような違和感を覚えたが、愛撫の手は休めなかった。

「ダメっ、先生っ……！」

その声を聞いて、篤彦はようやく我に返った。


不意に頭が真っ白になり、何がなんだかわからなくなった。

反射的に顔を上げると、霞《かすみ》のかかった視界に何かが弾けた。

はぁ、はぁ、という苦しい息づかいだけが、篤彦の痺れた耳にこだましていた。

次第に輪郭がはっきりするにつれ、非情な現実が篤彦の目前に浮かびあがった。

出は力なく畳の上に横たわり、小刻みに震えていた。

薄べったい腹の上に乳白色の液体が飛び散り、脇腹を通りしたたり落ちていた。

ジーンズは膝まで下ろされ、乱暴にまくり上げられたトレーナーから、痩せた胸をはだけさせていた。

篤彦は、脳天をぶん殴られたようなショックを覚えた。

トレーナーの鮮やかな青と対比した肌の白さが、目にまぶしく突き刺さった。そこに点々と残された痣のような朱色の印《しるし》は、自分の罪の証《あかし》に他ならなかった。

オレは、オレは何ということをしでかしたんだ――!?

篤彦は両腕で頭を抱え、その場にへたりこんだ。事前にあんなに自分に警告したのに、なんでなんで、こんなことになっちまったんだ!?

無残なあり様を目《ま》のあたりにして、篤彦は激しく己を呪った。

出はけだるそうに半身を起こし、乱れた下肢を両手で隠すようにして、膝で這いずり床の間の方へ逃げ去った。柱に寄りかかり、改めて苦しい息を整える姿を見て、篤彦は胸が潰れそうになった。赤く上気した頬がひどく幼く、痛々しく映った。

篤彦は、やにわにその場にひれ伏した。

「許してくれっ――!!」

青ざめた顔を見るのも辛く、顔を上げることも叶わなかった。

もはや言いわけは立たない。出に対してだけではなく、眞斗に対しても、オレはとり返しのつかない真似をしでかしてしまったんだ。

「わっ、悪かった! こんな…こんなつもりなかったんだ。すっかり舞いあがってて、気がついたらこんなことに――オレは、オレはどうかしてたんだ」

自己嫌悪の涙が溢れ、畳を濡らした。声がくぐもり呂律《ろれつ》が回らなくなっても、篤彦はひたすら畳に頭を擦りつけ、思いつく限りの詫びの言葉を訴え続けた。

「先生……」

かすれた声が、篤彦の訴えを遮った。

「もういいよ、先生のせいじゃない」

汚れた身体を折り曲げたまま、出は篤彦に呼びかけた。

「手を離さなきゃよかったんだよ。そしたら、今ごろ眞斗君と……」

その言葉は、今の篤彦にはまるで見当違いの慰めに聞こえた。

「そういう問題じゃないっ！」

篤彦は声を張りあげた。怒らない出に、腹立たしさすら覚えた。

「オレの、オレのモラルの問題だ。こんなこと、許されるはずないだろっ！」

なんでオレは出を責めてるんだ？　ますます混乱し、篤彦は自己嫌悪に苛まれた。

「すまん…大声だして。とにかく、オレはもう君に合わす顔がない…」

「え……？」

「もう二度と眞斗に会わせてくれとは頼まない。だから…勝手な言いぐさだけど、どうか犬にでも嚙まれたと思って忘れてくれ」

「どうして……？」

出は呻くようにいった。

「せっかく巧くいってたのに…」

出の言葉は罵りよりも深く、篤彦の胸を抉《えぐ》った。

「警察に突きだされても仕方ないことをしでかしたんだぞ。君が許してくれても、オレは自分を許せない。二度と眞斗にも会えないし、ここに来られるはずもないんだ」

「やだ…やだよ、そんなの」

苦痛に歪む顔に目を背け、篤彦は立ち上がり、逃げるように襖に向かった。

「待って、先生！　これっきりなんてイヤだよ！」

泣き叫ぶ声に耳を塞ぎ、篤彦は乱れた衣服の上にコートをはおり、転げるように階段を駆け降りた。

「お待ち下さい――」

背後から足音が近づき、審判を告げるような麻路の重々しい声が響いた。

篤彦はかっと振り向き、内ポケットから現金入りの封筒を引っぱりだすと、麻路の足元に投げつけた。そして、後ろも見ずにドアを押して走りだした。

10

「ねえ篤彦君、ものは相談なんだけど――」

お茶を注ぎながら、咲子はいいにくそうに切りだした。

午前の診療を終えた、昼食時のことだった。

「なに？」

篤彦は咲子を見上げたまま、トマト・ソースをからめたスパゲッティを口に運んだ。

「イブの晩、出かけても構わないかな？」

なんだ、そんなことか。パスタを飲みこみ、篤彦は「いいよ」と即答した。

考えたら、次の日曜日はもうクリスマスだった。喜びも悲しみも、まるでなかったことのように、時は恐るべき速さで駆け抜けていく。

咲子は安心したように微笑み、湯飲み茶碗を篤彦の前に置いた。

「テッドとデート？」

「実はそうなの」

「いいじゃない。彼、最近は手広くテニス・クラブもやってるし、きっとリッチなディナーを奢ってくれるぜ」

咲子はふふと笑って、篤彦の隣に腰かけた。

「余裕の発言ね。もしや、篤彦君も大事なデートがあるんじゃないの？」

突っこまれて、篤彦はなんと答えるべきか迷った。何もない、というのも、二十五歳の男として哀しすぎる。咲子にも、でかけるのに遠慮が生じるだろう。

「ああ…うん、まあね」

「やっぱり」

咲子は自信ありげに目を輝かせた。

「私みたいなオバサンと過ごすより、ずっと楽しい夜が待ってるってワケだ」

「お互いさまだろ？」

ふてくされた様子を照れと解釈して、咲子はほがらかに笑った。

「ごめん、厭味じゃないわよ。ちょっと安心したの」

咲子の正直な笑顔には、母としての安堵以外の解放感が見てとれた。

「篤彦君、なんにも話してくれないんだもん。私、これでも貴男の母親のつもりなのよ。一度紹介してくれてもいいんじゃない？」

「まだ紹介できるほどの仲じゃないからさ…」

篤彦は心苦しくもいった。

「ふむふむ。イブのデートで発展したら、来年には彼女に会わせるのだぞ」

おどけた調子でいい、咲子は食べおえた皿を重ねた。

「オレのことより、ママが頑張ったら？　クリスマス・ディナーは縁結びには最適だろ。これ、厭味じゃないからね」

咲子はふいと篤彦に背中を向けて、流し台に皿を置いた。

「テッドと再婚はできないわ」

寂しげに呟く声には本音がにじみでていた。

「マナが生きてたら、絶対に許さないと思う」

「そんなことないよ」

篤彦は咲子の背中に訴えた。もう気にしないって、眞斗はいってたよ。そういってやりたくても、いえなかった。

「ママの幸せが、あいつの一番の望みだって思うけど……」

「優しいのね、篤ちゃんは」

振り向いて、咲子はニッと笑った。

「でも何はさておき、まず貴男が幸せになってくれなきゃね。そっちが優先よ」

「優先してくれなくていいよ」

篤彦は困り果てて椅子を立った。

「いーえ、貴男がお嫁さんを貰うまでは、私は断固としてここに居座りますからね」

「わかったわかった、その辺で勘弁して」

白衣を摑み、篤彦はほうほうの態《てい》でキッチンを逃げだした。

咲子が何を望んでいるのかわかっている。オレが家庭を持ち、新しい生命が誕生してくるのを心待ちにしているのだ。眞斗に代わる命が——。

だけど、オレはそれを叶えてやれない。オレは義理の弟しか愛せない、歪んだ性癖の持ち主なんだ。己の不甲斐なさを噛みしめ、せめて咲子には自力で幸福を摑みとって欲しいと願った。オレは孤独でもいい、たった一人で老いさらばえても構わない。


半ば自虐の態に浸りながら、篤彦は診療室のデスクに座った。

午後の診療まで時間がある。年末だし、そろそろ保険点数を計算しておこう。

国保、社保の各保険請求の用紙は、すでに咲子が必要事項を書いて、各患者のカルテにクリップで留めてあった。後は点数を計算して、合計の数字を書きこむだけだった。

篤彦は頭を空《から》にして、黙々と作業に没頭した。卓上計算機の乾いた音だけが、室内にこだましていた。カ行のカルテをとりだした時、その数字が目に飛びこんだ。

12月25日──。咲子の字で記された、神代出の生年月日だった。

篤彦は手を休め、しばしその数字に見入った。

僕、誕生日、キリストと同じなんだよ──。弾んだ声が耳に蘇った。

あと一週間で十八か。篤彦はその事実を噛みしめた。眞斗と同い歳になる。

眞斗はもう永遠に歳をとらない。ずっと、十八の美しい姿のまま、オレや咲子の中で生き続けるのだ。それでよかったはずなのに…悔恨が篤彦の胸に押し寄せた。

なんで、眞斗の霊を呼び寄せるような真似をしてしまったのか。あの子をとり戻したいなどと願ったのか。すべて自分のエゴだ、篤彦は実感した。

眞斗はオレに失望しているだろう。知られたくもない死の真相を探られ、今さら思いを打ち明けられたところで、どうにもならない。

眞斗が「辛い」といったのは、それを悟ったからだ。実態がないのに、他人の身体を借りて愛し合うことが、どれほど虚しいことかわかったからだ。

なのに、オレは浄化した魂をいたずらに刺激し、弄んでしまった。それは、結果として出の心身をも傷つけた。決して許されることではない。

篤彦はカルテを置き、疲れた瞼を揉んだ。

あんな風に飛びだしてきて、よかったのだろうか？

いくら詫びの言葉を並べても、無残なあり様の出を打ち捨て、逃げ去ったことに変わりない。もう一度、心から謝罪したい。

そう思っても、二度と神代邸にで向く勇気は、篤彦には残っていなかった。

ここいらが潮時だ、これでいいんだ。何度いいきかせても、気持ちは虚ろだった。

出に会って、オレは救われた。あの笑顔に触れ、摑み所のない言動に振り回されているだけで、黒い靄《もや》がどんどん晴れていく気がした。霊能力ではなく、出の持っている本来の資質がオレを元気にしてくれたんだ。

今になって篤彦は悟った。

会いたい、と思う感情が、眞斗になのか出になのかも、わからなくなっていた。

クリスマス・イブは一日中、篤彦の診療室にもマライア・キャリーのクリスマス・メドレーが流れていた。

咲子は「ごめんね」を連発しながら、五時の終業時間を待ちきれずに、おしゃれをしてでかけていった。クリニックのドア越しに、短いクラクションが響いたのは、テッドが自慢の車で迎えに来ていたのかもしれない。

デートと見栄を張ってしまった以上、当然夕食の準備も整ってはいない。

どうしようかな。篤彦は考えるのもわずらわしく、診療室の椅子に座っていた。

さすがに、クリスマス・イブともなれば、この時間に整体に訪れる者もなく、一人寂しくマライア・キャリーの「オー・ホーリー・ナイト」に耳を傾けるばかりだった。

久しぶりに近場をドライブして、手頃なレストランで食事でもするか。一人というのも哀しいものがあるが、誰かを誘う気分でもない。

篤彦は重い腰を上げて、待合室の照明を切った。アーガイルのセーターにトレンチ・コートをはおり、申しわけ程度に髪を整えて母屋をでた。

クリニックの正面に回りシャッターを下ろしていると、ちらほらと粉雪が舞い落ちてきた。篤彦は立ちあがり、空を見上げた。何年ぶりのホワイト・クリスマスだろう。

咲子や他の大多数のカップルには、さぞムーディな夜に違いない。オレにとっては、白いものの走る夜空は、今の心境を映しだす鏡のようなものだ。

篤彦はため息まじりに、道路を隔てたカメラ店の明るい照明を見やった。赤や青の豆電球が忙しく点滅する中に、人影がぽつりと浮かびあがった。

吐きだす息を赤や青に変えながら、神代出はカメラ店のディスプレイに隠れるようにして立っていた。篤彦はその場に立ちつくし、しばしその姿に釘づけられた。

出は悪戯のばれた子供のような面持ちで、黙って篤彦の顔を見つめていた。

「こっちに来いよ、そんなトコで赤くなったり青くなったりしてないで」

ややあって、篤彦は呼びかけた。出は軽く頷くと、紺色のダッフル・コートのポケットに両手を突っこみ、おずおずと通りを渡ってきた。

「あの光、青？　緑じゃない？」

出は振り向いて訊ねた。

「青だよ」

篤彦は穏やかに応じた。

「ふーん…」と納得して、出は改めてぎこちない会釈を返した。

「こんばんは」

「今夜の挨拶は違うだろ」

「じゃあ…メリー・クリスマス」

「おめでとう、誕生日だろ？」

篤彦が微笑むと、出はようやく硬い笑みを浮かべた。

「明日だよ」

「にしても、こんなところにいていいの？」

「関係ない」

出はとりつくしまもなくいった。

「これからは、行きたいところに行くことにしたんだ」

「オレに会いたかった？」

茶化して訊ねると、出の白い頬がかすかに赤く染まった。

「どうしても、話さなきゃいけないことがあって…それで来たの」

ひと息でいうと、出は急に声を落とした。

「迷惑なのは、わかってるけどさ…」

「とんでもない」

篤彦は心からいった。

「オレの方こそ、あんな風にでてきちゃって悪かったよ」

音もなく舞い降りる雪が、出の黒い髪に白砂糖のトッピングを施していた。

「これから、ドライブがてら飯でも食おうかと思ってたんだ。つき合わない？」

「先生、運転できるの？」

「一応はね。車といっても、もっぱらママが眞斗の送り迎えに使ってたポンコツだけど」

どうする？　と訊ねると、出は少し浮かない顔になった。

「そんなに…お腹は減ってないな」

「じゃあ、少し歩こうか。せっかくのホワイト・クリスマスだし」

「駅の方、イルミネーションきれいだったよ」

「オーケー、寒くなければ――」

「寒くないよ」

即答して、出はようやく笑顔を見せた。

銀色の照明を施した街路樹に、雪が反射してキラキラ光っていた。

住宅の多いこの辺りは誰もが家庭でクリスマスを過ごすのか、思ったよりも人通りは少なかった。家路に急ぐ人々と逆行して、二人はしばらく無言で歩を進めていた。

やや気まずくなって、篤彦は先に口を開いた。

「あの後…いろいろ訊かれたろ？」

「ママや麻路に？　何もいわなかったよ」

「オレの態度が最悪だったから、さぞ立腹しただろうな」

「ほっとけ」

吐き捨てて、出は路上に視線を落とした。

「これからは、どこでも眞斗君に会えるから」

「いいよ、もう会う気はない」

「よくないんだ。だから、僕の方から来たの」

出の浮かない横顔を見て、篤彦は少し不安を覚えた。

「なに？　話さなきゃならないことって…」

「あれから、ちょくちょく眞斗君が来るんだ」

まるで友人のことでも語るような口調に、篤彦の足は硬直した。

「なんだって――？」

「呼ばなくても来るんだよ、突然に」

そういって、出は篤彦を見上げた。困惑の息が白く吐きだされた。


「来るって…どういうこと？」

自らを落ちつかせるため、篤彦は児童公園のベンチに出を誘導した。

「僕にもよくわからないんだ、こんなこと初めてだから…。でも、一人でいると…お風呂の時とか、ベッドに入った時とか、頭の奥で呼びかけてくるんだ」

「なんて…？」

「〝篤ちゃんに会いたい――〟」

篤彦は愕然とした。急に指先が凍えたように冷たくなり、身体が小刻みに震えだした。

「そうなると…君はどうなるの？」

「ん…意識はあるけど、ちょっとの間占領されて、自分の意思で動けなくなる」

「なんてこった」

吐き捨てて、篤彦は頭を抱えた。

「たぶん彼、普通の人よりパワー強いんだよ。あれから僕、他の霊を全然呼べなくなっちゃってさあ」

「おいおい、そりゃあ死活問題だろ！」

昌子の欲深い顔を思いだし、篤彦は焦った。

「ママや麻路はブーブーいうけど、別に構わないんだ、僕は。お金は十分溜まってるし、あの仕事もいいかげんウンザリしてたから」

「どうしようもないな、オレは…」

自分の冒《おか》したことの重大さを思い、篤彦はガックリうなだれた。

「先生のせいじゃないよ」

出は励ますように、笑いかけた。

「それに、けっこう面白いこともあるんだ」

「面白いこと？」

「僕さ、こないだテニス部に入部したの。せっかくいいラケットがあるんだから、本格的にやってみようと思って。で、初日に手合わせっての？　僕の実力を見るとかいってたけど、みんなで笑い物にしたかったんだろな。そしたら――」

出は篤彦の顔を覗きこむようにして、含み笑った。

「部長に勝っちゃった」

「なに――⁉」

篤彦は仰天して、顔を上げた。

「つっても、眞斗君に勝たせてもらったんだけど」

「眞斗が…君にとり憑いたっていうのか？」

「別に、頼んだワケじゃないんだけどさ。彼、勝気なのかな？　誰も相手になんなくて。終いには試合形式でやってみようって、部長自ら相手になってくれたんだけど…」

「あっさり勝てた…？」

「つうより、試合になんなかった」

出は可笑しそうにクスクス笑った。

「そりゃあ…たとえ練習でも、試合となったら、あいつはムキになるからな」

「だね。サーブ打つだけでポイント入っちゃうもん。そのうち、レベル落としてくれたみたいだけど、それでもほとんど打ち返せないんだ。参った参った…」

その光景を思い浮かべて、篤彦は陶然《とうぜん》とした。出に憑依した眞斗は、おそらく生前そのものの俊敏な動きと的確なストロークで、相手を翻弄したのだろう。

見たかった――と、切に思った。

「テニスって、四ポイントを六ゲームとってワン・セットなんだね。で、三セットとらないと勝てないんだって、初めて知ったよ。あっという間に終わっちゃったけど」

無邪気に語る出の横顔を、篤彦は呆然と眺めていた。

「でもさ、それって僕の実力じゃないじゃん。なのに、終わったらみんなして、ぜひ入部してくれ、年明けのドコドコ高との試合にはぜひ参戦してくれ。いずれは、東京大会の地区予選にもエントリーだな、なーんて、僕を無視して盛りあがっちゃってさあ」

「まあ…高校生レベルなら、優勝間違いなしだな」

「やだよォ、後でヘロヘロに疲れるもん」

そりゃそうだ。元々の体力も違えば、トレーニングも積んでいない。眞斗と同レベルで戦うとなれば、エネルギーの消耗量はハンパではない。出にとって、好ましいことではないのは明らかだ。

ずいぶん反省はしてたが、眞斗、お前はまだまだ身勝手だ。出は決してお前の分身ではない。自分本意に出を操るのはやめろ、と篤彦はいいたかった。

「もう一度、眞斗に会うべきだろうか？」

篤彦の問いかけに、出はこくんと頷いた。

「会って。じゃないと、彼納得してくれないよ」

「納得するって…何を？」

「この前のこと。たぶん、あんな風に中断しちゃったから――」

いいにくそうに語り始めた出の背中が、不意にぴんと直立した。

「オレのことを恨んでるのか…」

出の変化を、篤彦はすぐには読みとれなかった。気がつけば、出は虚ろな目をまっすぐ彼方に向けて、街灯を睨みつけていた。

「出……？」

出は黙したまま、すっくと立ち上がった。左手がコートのポケットに突っこまれたままわなわな震えていた。わずかな意志が、それをだすまいと抵抗しているように見えた。

「どうした、おい？」

篤彦の声を無視して、出はいきなり走りだした。まるで、足が勝手に身体を動かしているかのように、否応なしに前進していた。

「待て、出――！」

篤彦は焦って飛びだした。児童公園を突っ切り通りにでると、出はわき目も振らずに元来た道、篤彦のクリニックの方向に一直線に向かっていた。

いったい何が起こったんだ？　動転しながらも、篤彦はそれが眞斗の仕業に違いないことを悟っていた。どうすりゃいい？　もはや、眞斗のパワーは制御できない領域まで達している。今はただ、必死で出の後を追いかけるしかなかった。

11

篤彦が紀ノ本クリニックに辿り着くと、出の姿は神隠しに合ったようにかき消えていた。どこへ行った？　焦って足元を見下ろすと、薄く降り積もった雪にスニーカーの足跡が残り、建物の裏側へと続いていた。

クリニックの前面は敷地が狭く、自転車を止めるのが精一杯だった。そこで、来診の患者用の駐車スペースも含めて、篤彦は裏の共同駐車場に専用のスペースを借り受けていた。出がそこを知っているはずもない。改めて、眞斗のパワーに驚嘆しながら、篤彦は出の足跡を辿って、裏手に向かった。

塀をめぐらせた十台ほどの駐車スペースの奥に、篤彦のブルーのスカイラインが置かれていた。ひと目見て、篤彦は絶句した。

周囲に六、七台の車が置かれた中で、出は間違うことなく篤彦の車を選別し、前部のボンネットに身体をうつ伏せていた。車体を抱きしめるように両腕を伸ばし、蒼白の顔をわずかに傾けた姿勢で、降りかかる雪に身をまかせている。

慌てて駆け寄り、その肩を引き起こすと、出の膝は力なく地上に崩れ落ちた。

「出――!」

篤彦はショックを抑えて、ぐったりした出の身体を両腕で抱え上げた。

震える手でキーをとりだし、助手席のドアをオープンにすると、出を抱きあげて注意深く助手席のシートに委ねた。それから運転席に座り、ドアを閉めて乱れた息を整えた。

車内の冷えきった空気が、たちまち全身の汗を凍りつかせた。篤彦はエンジンをかけ、ヒーターのスイッチを入れた。シートに寄りかかった出の顔は蒼白で、正に電気の切れた機械さながらに生気を失っていた。

鼓動と脈を調べ、瞳孔が開いていないことを確認して、篤彦は安堵の息を吐いた。

次第に曇っていく窓を眺めて、篤彦はしばらく思案に暮れた。

オレは卑怯だった。自分の冒した過ちの責任もとらず、なし崩しにことを済まそうと思ったのが間違いだった。カタをつけなければならない。

意を決して、篤彦は左手を伸ばした。シートに投げだされた出の左手をとり、冷たい指に自分の指を絡ませた。そして、目を閉じて胸の内で念じた。

眞斗――!

すぐにピクリと出の指が反応した。変化を悟り、篤彦はゆっくり目を開いた。

眞斗は涙を溜めた目で、じっと篤彦を見つめていた。

「眞斗…お前、自分が何をしてるかわかってるのか？」

「だって……」と、眞斗は声を詰まらせた。

「こうでもしなきゃ、篤ちゃん…オレに会ってくれないじゃないか」

「悪かったよ、あの時は…。だから、少し時間を置きたかったんだ」

「嘘だ――」

眞斗は濡れた目をかっと見開き、叫んだ。

「篤ちゃんは、もうオレに会う気なかったろ！　あんなこといって、嬉しがらせて、後は知らん顔かよ？　酷いよ、そんなの！」

生前のワガママな口調が蘇り、篤彦を圧迫した。

「すまん、オレはどうかしてたんだ。お前にあんなことするつもりなかったのに…」

「よくいうよ、喜んでノッてきたくせに」

その言葉は、篤彦の自己嫌悪を逆撫でした。

「だから…どうかしてたっていったろ。自分を見失ってたんだよ」

「なに気どってんだよ？　オレは篤ちゃんとセックスしたいよ」

眞斗はストレートにいい切った。

「篤ちゃんだって、したいんだろ？」

「眞斗……」

「だったら、いいじゃん。死んでから、誰に遠慮するんだよ！」

いうなり、眞斗は篤彦の首にかじりつき、乗りかかってきた。篤彦は懸命に、その身を引き離した。

「なんでだよォ――!?」

眞斗は泣きだしそうな声を上げた。

「あんなに気をもたせといて、それはないだろ」

「遠慮すべき人が、一人いるんじゃないか？」

篤彦は冷静に、眞斗の顔を見すえた。

「お前、自分でいったじゃないか。この身体はオレのものじゃない、って」

「今はオレのもんだよ」

眞斗はフンと鼻を鳴らした。

「出はオレに抵抗できない。篤ちゃんが手を離しさえしなきゃ、この子の機能は全部オレが使えるんだ。気持ちよくだって、なれるんだよ」

欲求不満が蘇ったのか、眞斗は興奮ぎみにまくしたてた。

「お前はそれでよくても、消耗するのは出だぞ」

「違うね」

眞斗は自信ありげに胸を逸らした。

「オレの潜在的なパワーは、出のパワーもアップさせるんだ。以前より体力もついてる」

「だから、テニス部にも勝たせてやったのか？　身体の賃貸料のつもりか？」

眞斗は肩を揺すって、は、は、はと笑った。

「喜んでたろ？　だけど、あれはサービスじゃないぜ。オレのラケットを握った人間が、負けを晒すなんて許せないからな」

勝気な瞳が、鈍い光を放った。

「オレの許しもなく、くれてやりやがって…」

憎々しげに呟く顔には、生前の気性の激しさが蘇っていた。

「眞斗…お前、悟りを開いたんじゃなかったっけ？」

刺激するのは御法度《ごはっと》だ、篤彦は慎重に呼びかけた。

「篤ちゃんのせいだよ」

眞斗はふてくされて、開き直った。

「篤ちゃんがあんなことしなけりゃ、オレは現世に未練もったりしなかったんだ」

「すまない……」

篤彦は呻くようにいった。

「全部オレのせいだ。あんな恥ずかしい真似を、お前にしたオレが悪いんだ」

「反省すんなよ」

眞斗は甘えるように、篤彦の肩にしなだれた。

「もういいよ、これからはいつだって愛し合えるんだ。何も考えずに…頭空っぽにして、したいことしよう。ねえ…篤ちゃん」

眞斗は篤彦の頬に唇を滑らせ、右手を太腿に伸ばしてきた。

「やめろ――」

慌てて左手を引き離そうとしたが、眞斗の指がガッチリ握りしめて離さなかった。

「お願い、欲しいんだ…篤ちゃんのコレ」

淫らなキスをくり返しながら、眞斗は握り合った指を篤彦の股間に執拗に擦りつけた。

不思議だ――いつもとは違う自分の感覚に、篤彦は気づいていた。

オレの頭は冷《さ》めている。眞斗以外のことも、出の存在もちゃんと認識している。

篤彦はまっすぐ前を見つめ、すっかり曇った窓に目をこらした。眞斗の送りこむ快感を隅に追いやり、静かに瞼を閉じた。

明日は出の誕生日だ――。それを覚えている自分が嬉しかった。

「篤ちゃん……」

不安げに、震える音色が膝の上から響いた。

「そこまでだ、眞斗」

宣言して、篤彦は強引に左手を引き離した。

瞼を開けると、窓の結露が融《と》けて視界が開けていた。ちらほらと舞い落ちる雪が、ブルーのボンネットに吸いこまれるように消えていった。

ダッフル・コートの肩に置かれた手がかすかに持ちあがった。見下ろすと、出は篤彦の膝に顔を伏せ、不思議そうに瞬きをくり返していた。

「わ――!」

叫ぶなり、出は篤彦の膝から跳ね起きた。その顔がみるみるうちに真っ赤になるのを、篤彦は微笑ましく眺めていた。

「なっ、なに? ここどこ? 僕、どうなっちゃったの?」

「そんなにいっぺんに答えられないよ」

苦笑する篤彦の顔を、出は息を詰めて見守っていた。

「眞斗君に会った…?」

篤彦は向き直り、ここに至るまでの経緯を話して聴かせた。

「彼、怒ってなかった?」

「話し合ったよ」

「諒解した？」

「どうかな……」

出はものうげにシートに寄りかかり、疲れたため息をついた。

「行こうか」

呼びかけて、篤彦はギアを入れた。バッテリーは十分温まっていた。

「どこへ？」

「どこか。ドライブでもしよう」

車が発進すると、出はぴたりと口を利かなくなった。

都会の喧騒を避けて、篤彦は郊外に車を向けた。

環八通りを抜けて、多摩川を突っ切る。派手なイルミネーションもない、広々とした緑地を横目に、気持ちはなごみ落ちついていた。

「先生……」

眠っていたかに見えた出が、コートの襟に埋もれた顔を上げた。

「先生は眞斗君を愛してた？」

邪気のない視線を受けとめ、篤彦は「ああ」と頷いた。

「兄弟でも、血はつながってないよね」

「うん」

「彼が生きてる頃にも、その…よくあ、あ、い、う、こ、と、した？」

いかにも訊ねにくそうに、出は声を落とした。

「いや…お互いに自制してた。でも、亡くなってから会ったら――」

篤彦は苦笑した。

「オレの歯止めが効かなくなったみたいでさ」

「考えたんだけど…別に悪いことじゃないと思うよ」

生真面目な視線が、篤彦の横顔に注がれた。

「だって遠慮とか、もういらないじゃん」

眞斗と同じ台詞を、出の口から聞こうとは。篤彦は驚いて出を見すえた。

「どうして？　眞斗の存在は魂だけなんだよ」

「だから、他は…僕が」

「そこまで、君を利用する気はない」

篤彦はきっぱりいった。

「犠牲的精神もほどほどにしろよ、自分のためにも」

「犠牲だなんて、思ってない」

出はいつになく真剣に訴えた。

「相手が先生じゃなかったら、そんなこといわないよ。先生だから――」

出は言葉を呑みこみ目を伏せた。耳まで、真っ赤に染まっていた。

「いいんだ、僕は。たとえ眞斗君の代理でも…」

篤彦は道の端に車を止めた。行きかう車も途切れ、しばし静寂の時が二人を包んだ。

「出……」

「他の霊を呼びだせなくなった、っていったよね」

篤彦の言葉を遮るように、出はいった。

「あれ、先生のせいでも眞斗君のせいでもないんだ。自分が悪いんだ」

「どういうこと？」

出が顔を起こすと、潤んだ眼差しが篤彦をとらえた。

「呼人は相手の霊を全身に受け入れないと、交信できない。その間は、何もかも忘れてその人のことだけ考えなきゃダメなんだよ。ほんの少しでも他の誰かを思ったら…」

涙を呑みこむ音が、篤彦の耳をやるせなく打った。

「力を失うから。誰かを好きになったりしちゃいけないんだ、わかってたのに…」

瞼から堰《せき》を切ったように涙が溢れた。出は即座に両手で顔を覆った。

「でも、ダメなんだ。忘れようと思っても、先生のこと思いだしちゃって…会いたくて」

会いたくて——出は泣きながら、くり返した。

指の隙間からくぐもった声が洩れ、すすりあげる嗚咽が車内にこだました。

篤彦は黙って出の肩に腕を伸ばし、引き寄せた。ハンカチで涙を拭ってやると、出ははーっと長い息を吐いて、篤彦の肩に頭をもたせかけた。

「ごめん…こんなこといわれても、先生困るよね」

「光栄だよ」

そういって、篤彦は再び車を発進させた。出は黙って、その肩に顔を預けていた。

遠くに、ピンク色のネオン・サインが瞬いていた。ひと目でそれとわかる、ヨーロッパ風の城を象《かたど》ったいかがわしい色彩の建物に、篤彦はまっすぐ車を走らせた。

車が地下の駐車場に滑りこむと、出は焦って顔を起こした。

「ここに入るの…？」

「入るか入らないかは、君が決めてくれ」

篤彦はエンジンを切り、ハンドルから手を離した。

「地下のエレベーターから部屋に直行できるから、誰にも見られない」

安心させるように微笑む顔を、出はいぶかしげに見すえた。

「嫌なら家まで送っていくよ。それとも、外泊は禁止？」

「そんなの構わない。でも……」

出の小さな脳は、決心をつけかね逡巡《しゅんじゅん》していた。

「先生は…眞斗君としたいの？」

探るような問いかけを聴いて、篤彦は苦笑した。

それなら、さっきやろうと思えばできたさ。そういう代わりに、篤彦は首を伸ばして出の唇に軽く口づけた。出はぽかんとしたまま、それを受け入れた。

「何をするかも君に任せる。何か食ってテレビ観るだけでも、一緒のベッドで眠るだけでもオレは構わない。ただひとつ約束して欲しいのは、絶対に左手を握らないこと」

それを聴いて、出の瞳はにわかに輝いた。

曇り空が一転して晴れ渡ったような笑顔に触れ、篤彦も笑わずにいられなかった。

「先生――」

紺色の袖が篤彦の首に巻きつき、笑ったままの唇が吸いついてきた。

12

一つだけ空いていた部屋は、どこもかしこもピンク色の、絵に描いたようなラブラブ・ムードだった。

「へえ、ラブ・ホテルの中って、こんなんなってんだー」

出ははしゃいだ声を上げて、さっそく円形ベッドのスプリング・テストを始めた。

「どこも同じってワケじゃないだろうけど。イブだから、こんな部屋しか空いてないのさ」

篤彦はコートを脱ぎながら、全身で弾んでいる出を微笑ましく眺めた。

「でもきれいだよ。ねえ、これってピンクだよね」

ベッド・カバーをつまみ上げて、出が訊ねた。

「ご名答」

「よしよし。わかるんだ、ピンクなら」

出は得意げに、大の字でカバーにうつ伏せた。

「コートぐらい脱げよ」

襟を引いてやると、出は嬉しそうに起きあがり、袖を抜いて抱きついてきた。

「先生のセーターは白」

そういって、出は篤彦の唇に短いキスを投げた。

「当たり。じゃあ、君のこれは？」

篤彦は胸のところで配色の切り替わったトレーナーを指し示した。今夜は珍しく地味めな色を着ている。

「えーと…グレーと青、違う？」

「優秀、優秀」

厳密には紺だったが、おまけしてキスを返した。

「当たったら、脱ぐんだよ」

いいながら、出は篤彦のセーターを乱暴に引っぱりあげた。

「そっちもな」

負けじと、トレーナーを脱がそうとすると、出は「くすぐったい」と、カン高い声を上げて身を捩った。すぐに、二人ともTシャツとジーンズだけの姿になった。

「つまんない、どっちも同じじゃん」

出は残念そうに唇を尖らせた。篤彦は笑いながら、その肩を引き寄せた。

「じゃあ、全問正解を祝して――」

優しく唇を合わせ、静かなキスを交わす。そっと舌先をこじ入れると、出の舌がぎこちなく応答し、篤彦の舌に重なった。

実際には今まで何度か触れていたはずだったが、眞斗の巧みなキスとは対照的なたどたどしさは、却って新鮮な情感を誘った。出は小さく息を弾ませながら、篤彦の首に両腕を回し飽きることなく唇を重ねた。

「さて…どうする？」

ようやく顔を離して、篤彦は訊ねた。

「どうするって、僕が決めなきゃいけないの？」

切れ長の目がしっとり潤み、篤彦を見つめまたたいた。

「できれば。強制はしたくないから」

我ながらズルい男だな。実感しながらも、篤彦は正直に告げた。抱きたいと思う気持ちと裏腹に、新しい弟を欲望の対象にしたくないという反発もあった。何より今は、孤独だったはずのイブの夜を、出と共に過ごせるだけで満ち足りていた。

「ホントに僕なんかでいいのかな…？」

出は不安げに呟いた。

「なんで？　好きだから、誘ったんだよ」

「だっても…僕は眞斗君みたくハンサムでもカッコよくもないだろ。痩せっぽちだし、虚弱体質で生っちろいし、肝心なトコもお粗末で――」

「おいおい」

篤彦は焦って、ストップをかけた。

「何をそんなに卑下《ひげ》してるんだ？　超人的な霊能力の持ち主が」

「そんなモン、いらない」

出は吐き捨てるようにいった。

「神様が代わりに眞斗君の身体をくれるっていうなら、即行で捨てちゃうよ」

「眞斗のことは、今夜はナシだ」

自分にいい聞かせるように、篤彦はいった。

「なあ、さっきオレはようやく目が覚めたんだよ。何が起ころうとも、オレと眞斗は兄弟なんだ。それは、あの子が亡くなっても未来永劫《えいごう》変わらない。たとえ君の身体を借りて愛し合ったとしても、それがどんなに虚しいことか、あの子もわかってるはずなんだ」

出の身体を胸に抱き寄せて、篤彦は切々と訴えた。

「オレは君に会って救われたんだ。眞斗に会えたからじゃない」

君に対しての愛情は別物だ。思いをこめて、出の髪を撫でた。

「決して眞斗の身代わりだなんて、思ってないよ」

篤彦の腕の中で、出は心地よい感触に身を委ねていた。

「決めた」

出はふいと顎を逸らし、真下から上目遣いに篤彦を見つめた。

「僕は先生と一緒にいたい。一緒にテニスしたり、旅行したり、パフェ食べたりしたい」

「パフェは勘弁してくれ」

渋い顔を見あげて、出はクスクス笑った。

「どうせ二十二で死ぬなら、残りの四年は思う存分やりたいことやろうってさ」

「そんなこと、決めつけるな」

衝動に駆られ、篤彦は出の身体を痛いほど強く抱きしめていた。

「人の生き死になんて、誰にも決められるもんじゃないんだ。そうだろ？」

眞斗の突然の死を、誰が予測できただろう？　篤彦の思いを読みとったように、出はこくんと頷いた。

「愛して、先生。もうなんにも気にしない」

出は細い腕を伸ばして、篤彦の首を引き寄せた。

不自由な体勢のキスにバランスを崩し、二人は重なったままベッドの淵から滑り落ちた。

バラ色のカーペットに尻餅をつき、出は声をたてて笑った。何もかも楽しくて仕方ないといった様子につられて、篤彦は出の腰にタックルをかけ、ひょいと持ちあげた。

「軽いのは、何よりありがたいよ」

出は笑いながら、篤彦の腰に脚を絡ませた。


ショッキング・ピンクの枕に頭を委ねると、出はいくらか身を堅くした。

緊張を察して、篤彦は今一度その身を抱きしめ、キスをくり返した。熱っぽく舌が絡む濃厚なキスに変化すると、出は篤彦にしがみつき上体を小刻みに震わせた。

「震えてるね、怖い？」

「違うよ、これは発情してるから…」

吐息まじりに囁く声を聞いて、篤彦は笑った。

「オレもしてるよ」

「先生も？　大人のくせに？」

「まだ二十五だぜ、そんなに年寄り扱いすんなよ」

マジで意外そうな顔に、篤彦はクサった。

「ついでに、その先生ってのも、いいかげんやめてもらいたいな。篤ちゃんでいいよ」

「やだ。それは眞斗君の呼び方だろ、絶対いわない」

唇が頑固に引き結ばれた。

「先生――篤彦先生、大好きな、世界でたった一人の大切な先生――！」

声高に宣言されると、顔から火が吹きだしそうになった。

「わかったわかった。いいよもうなんでも、好きに呼べ」

あっさりギブ・アップして、篤彦は出のTシャツの裾に指を忍ばせた。

「脱ぐ？」

「先生もね」

せえのでTシャツを脱ぎ捨て、裸の胸を合わせると、出は「あったかい」とはしゃいだ声を上げて、さらに強くしがみついてきた。このままじゃ何もできないな、苦笑して篤彦は穏やかに出の胸を押しやった。薄く透きとおるような肌に顔を寄せ、唇に小さな突起を含むと、出はまたぴくんと強張《こわば》った。

「大丈夫。怖いことも痛いこともしない」

「何もしないの？」

やや不満げな顔を見て、篤彦は笑いをかみ殺した。

「気持ちいいことだけ」

出はニッコリ笑って、ピンク色のシーツに全身を投げだした。

その反応を確かめながら、篤彦は注意深く出の胸を愛撫した。唇で吸い、舌を這わせたところに、すぐにぽってりとした牡丹色の印《しるし》が浮かびあがった。

「えらく敏感肌だね」

「感じやすいって、いって欲しいな」

息を乱しながら、出は唇を突きだした。

「あの後…先生が帰っちゃった後も風呂場で見たら、あちこち赤くなっててさ。ああ、先生につけられたんだな、って思ったら…」

「興奮した？」

出はこくんと頷き、薄い笑みを浮かべた。

「でも、もう会えないかもって思ったら悲しくて…泣きながら、オナっちゃったよ」

「器用なヤツだな」

茶化しつつ、いじらしさに胸を塞がれ、篤彦は出の身をかき抱き激しく口づけていた。

「ごめんよ、もうあんなことはしない。約束する」

「いいんだけど、いきなりドカーンと来るのがちょっと……」

「ドカーン…？」

「射精の前兆。目ぇ覚ましたとたんドーッと一気に来たもんね、参った参った」

「すまん……」

屈託なくいわれると、恐縮するしかなかった。

「いいよ、今夜は一から十まで体験できるから」

「わかりました…」

汚名返上とばかり、篤彦は気を入れて愛撫を再開した。

吐息が限界まで昂るのを待って、篤彦は出のジーンズに手をかけた。

「いい？」

出は涙目でうんうんと頷きながら、腰を浮かせて篤彦の作業に協力した。ジーンズをトランクスごと引き下ろすと、ほっそりした裸身がピンクのベッドに浮かびあがった。

「みっともないだろ、僕の…」

出は紅潮した顔をうつむけ、張りつめた分身を隠すように膝を縮めた。

「そうかな？　オレにはムチャクチャ可愛くみえるけど」

「どうせ可愛いよ」

ふてくされたようにいい、出はぷいとそっぽを向いた。

「出…イヅ、こっち向いて」

そっと手を添え、頰に口づけると、出はそろそろと振り向いた。

「つまらないことにこだわるなよ。みんな、自分に見合ったモノしか持ってないのさ。君の身体に巨大なシンボルがついてたら、その方がオレには恐怖だね」

それを聞いて、出は小さく吹きだした。

「確かに」

「オレのも大したことないよ」

いいながら、篤彦はジッパーを下ろし、ジーンズを引き下げた。出は顔を起こして、篤彦の股間をまじまじと凝視した。

「そんなに見るなよ…」

気恥ずかしさに負け、出の前髪をくしゃくしゃにして目を隠してしまう。

「やっぱ大人だね」

出は下唇を突きだして、ふっと邪魔な前髪を吹き飛ばした。

「なんだよ？　古ぼけてるって、いいたいのか？」

腕を伸ばして脇腹をくすぐってやると、出は「ひゃっ」と身を縮こませた。

「ちっ、違うよ、違う！　しっかり剝けてて、色もふてぶてしいから…」

「ばかもん！」

篤彦は出の身体にのしかかり、さらにくすぐり攻撃をしかけた。出は奇声を発して身を捩り、七転八倒した。なにやってんだ、オレたちは？　自問しつつも篤彦は楽しんでいた。

「いってみろ、オレのは何色だ？」

「そっ、それは…あはっ、たぶんムラサキ――」

「チキショー、当たりだ」

笑い転げじゃれ合いながら、次第に息があがり欲望が昂ってくる。勢いのままに、篤彦は出の両手首を掴み、シーツに釘づけ覆いかぶさった。

「だめっ、もう降参！　ギブ・アップ！」

篤彦は構わず、出の胸に舌を這わせ、縦横無尽に舐め回した。

「あ…あっ…あっ、先生……！」

出は悲鳴のような喘ぎを洩らし、全身をくねらせ快感に耐えた。その様子がますます篤彦を刺激し、さらなる愛撫に駆りたてた。

充血しきったサーモン・ピンクの分身が篤彦の指の中で震え、露出した先端から次々と蜜を溢れさせた。そっと舌先で拭うと、出は「くっ…！」と呻き、背中を反らせた。

初めて知る強烈な快感に涙を浮かべて喘ぐ様は、たとえようもなく可愛かった。その姿に見とれながら、篤彦は指と唇で優しく出を愛撫し続けた。

「やばい、先生…もうイキそう」

出は泣きそうな声で訴えた。

「オレは一向に構わないが」

出の脚の間から顔を上げて、篤彦は微笑んだ。

「カッコ悪ィ…小さい上に早いなんて」

悔しげに呻いて、出は大儀そうに上体を起こした。

「僕にもやらせて」

「時間かかるぞ、年寄りだから」

「何ごとも勉強です」

なんの勉強だか。苦笑しながら、篤彦はベッドに横たわった。

出は逆向きに覆いかぶさり、篤彦の股間に顔を埋めた。相手の目の前に全てをさらけだしていることにも気づかず、篤彦のしたことを一心不乱に真似し始めた。

それは篤彦に不思議な感慨をもたらした。ぎこちない指と舌がくりだす愛戯は決して巧みなものではなかったが、その愛情は痛いほど伝わってきた。

幼い指に包まれたところから、快感がじわじわと昂り、同時に今まで感じたことのない切ない疼きをもたらした。目の前にある張りつめた腰に指を添えて、篤彦はその滑らかな感触に酔いしれた。首を伸ばし、ピンク色に窄《すぼ》まった窪みを舌で探ると、出は小さな悲鳴を洩らして全身をぴくんと震わせた。

「あ、あっ…ズルい、そんなっ…ダメ」

「気にしない」

「やだ、気にする、汚い、やめて」

切れ切れの抵抗を示しながら、出は全身で身悶えた。感じているのは明らかだったが、それよりも愛戯を止められた方が悔しいとばかりに、拳でシーツを叩き呻いた。

「いいんだよ、もっと感じて。いっぱい感じて欲しいんだ」

篤彦は指を伸ばし、はち切れそうな分身を包んだ。溢れた蜜が指を濡らし、愛撫を助けた。出は言葉を失い、押し寄せる高波に溺れていった。

「あうっ…来るっ、もぉ…もうっ、先生……！」

絶叫と共に篤彦の手に熱いものが迸り、出の腰が大きく痙攣した。

力を失い崩れかかる身体を、篤彦は全身で受けとめた。皮膚が密着する温かさに包まれて、小刻みに震える白い双丘を優しく撫でていた。

「ん……？」

突然熱い感触に包まれて、篤彦は目を上げた。

まだ乱れた息も整わないうちに、出は敢然と篤彦のものに挑み、愛戯を再開していた。

なんとまあ、勝気な子だ——なかば呆れながらも、篤彦の胸は再び疼き始めた。

熱く絡まる息としゃぶりつく舌が、たちまち篤彦の官能に火をつけ、愛しさを再燃した。

参った。こんなにいとおしい存在が他にあるだろうか。

「いい、先生?」

篤彦の顕著な反応を察して、出は少し得意気だった。

「すごく……」

篤彦は呻きながら応えた。

「いいよ…最高に感じる」

「先生……大好き」

感に耐えた吐息が、篤彦の分身に降りかかった。

「オレもだよ…」

もう手放すことはできない。実感しながら、篤彦は絶頂に導かれた。


「僕、十八になったよ」

篤彦の胸で出は嬉しそうに囁いた。

ふと見れば、ベッド・サイドの時計の針が、真上を向いて重なっていた。

「おめでとう」

額に口づけて、篤彦は愛しい身体を両腕に抱きしめた。

第二部　弟の帰還

1

神代出の過去十八年において、自ら決断し行動したことは一度もなかった。出の人生は、生まれながらにして決まっていた。何代も前から神代家の長子に受けつがれてきた特殊な能力を、開花してからおよそ七、八年で使いきり、次代に引きついだところで残りの数年をまっとうする。幼少の頃から母親に刷りこまれてきた人生設計に疑問を抱いたこともなく、ごく当然の道として受け入れてきた。

出が自分の血の確かさを初めて認識したのは、八歳の時だった。母にいわせれば、二歳で父の死を予知した（単に父の急死直前に高熱をだしただけだったが）のが最初ということになるが、出自身は単なる偶然の一致に過ぎないと思っていた。

初めて接触した霊は母方の祖母で、盆休みに田舎に遊びに行った際、出の夢枕に話しかけてきたのだった。遊びたい盛りでもあり、無意識の抵抗もあったのだろう。出は、そのことを母には告げずにいた。いえば、狂喜乱舞して、翌日から着々と設計図通りのレールを敷かれるのは明らかだった。

それから、一年に一、二度不思議な現象を体験し、十二の頃には亡くなった父ともたびたび会話できるようになった。

そのことを、父は十五になるまで秘していろと出に厳命した。父との約束を曲げるわけにはいかなかった。そして十五歳の誕生日を境に、父の霊はぷっつりと姿を現さなくなった。

いってみれば、それが襲名《しゅうめい》式だった。出は晴れて父の名を引きつぎ、霊界デビューを果たした。今にして、出は父の気持ちを深く理解した。他人のために尽くすだけの人生ならば、スタートはなるべく遅らせてやりたい、と思うのが親心というものだ。

出はその霊能力を最大限に活かし、母の願いを叶えた。昌子は姑の死後、関東の片田舎にあった夫の実家を離れ、かねてからの念願だった東京に新居を構えることができた。うるさい姑の世話から解放され、趣味のピアノをこころゆくまで楽しみ、カルチャー・スクールに通ってフラメンコを習い、そこで愛人も作った。

出の胸に疑問が芽生えはじめたのは、麻路が〝秘書〟として、神代家に出入りするようになってからだった。専用の個室を与えられた麻路は、フラメンコ教師の職も捨て、昌子の内縁の夫然として住みつきはじめた。

それもこれも、自分が〝人様のお役に立つこと〟で得た金銭によって、だ。

「なんだかなー」と出は思う。母はすでに第二の人生を設計している。そこには、たぶん短命の息子は組みこまれていないはずだ。

僕が死ねば、ママはしばらくは泣き暮らすだろう。しかし、おいおい立ちなおり、麻路と手に手を取って次のステップに進んでいくに違いない。ひょっとすれば、いずれ自分が残すはずの跡取《あとと》りを視野に入れ、長期計画を立てているかもしれない。親族の間では、すでに自分の縁談がとり沙汰されているらしい。高校を卒業する頃には、勝手に婚約者が決められていたりして…。想像すると、出は無性に悔しくなった。

オレの人生ってなんなワケぇ――？　である。せめてものレジスタンスに、せいぜい麻路を顎でこきつかい、権力を誇示して見せるしかなかった。

でも、どうせ今の服従はあと数年で終わるものと、奴はタカをくくっている。それが悔しくてならない。どんなに威張ろうがゴーマンかまそうが、しょせんはガキの遠吠え、敵の勝利は見えている。虚しさが日に日に出の薄い胸につのり、寂寥感《せきりょうかん》を煽った。

そんな時、出はとてつもなくオーラの強い自由奔放な霊と出会ってしまったのだった。

出の口調でアバウトに語られる話を、篤彦は蛍光ピンクのベッドの中で興味深く聴いていた。パサパサのサンドウィッチとコーヒーだけの朝食をとりながら。

「へーえ、そりゃ驚きだな」

「ったく、マジでどっちが生きてんだ？って、突っこみたくなるよ」

ぼやきながら、出はコーヒーに大量のミルクと砂糖をぶちこんだ。

「いや、あの麻路さんがフラメンコの先生だったってのが、さ」

「……」

出の呆れ顔を横目に、篤彦は大いに感心していた。

「ま、いわれてみれば雰囲気ではあるな。あの髪形とか、ムダに姿勢がいいとことか」

「面白い？」

「うーん、見たいっ。オー、レッ！てとこ」

「ついでに芸名教えたげようか、スペイン帰りの〝ホセ・麻路〟」

「うひゃあ！」

篤彦はコーヒーを吹きだして受けまくった。

「あー、汚ったねえ！」

笑いながら、出はさらに篤彦をあおった。

「ママと踊ってるトコなんかすげえよ。時々うちの居間でやるんだけど、周りのもの全部なぎ倒してさあ、マジ地震来たか？って思っちゃうもん。もー生き地獄！」

想像しただけで、胃がデングリ返るほど可笑しかった。弟の死後、こんなにバカ笑いしたことがあっただろうか？　自分でも呆れるほど、篤彦は手放しで笑い転げた。

「どうでもいいや、あの二人のことは」

クールにいい放って、出は篤彦の裸の胸に顎を乗せた。

「どうせ、僕はもう役立たずだし。勝手にやるよ」

「最後のお役目は？」

「ん？」

黒い瞳が上目遣いに篤彦を見上げた。

「跡取りをつくらなきゃいけないいんだろ？　オレより先に結婚しそうだな」

「しない！」

断言して、出は篤彦の胸にむしゃぶりついた。

「結婚なんかするもんか！　絶対しないっ！」

「そうもいかないだろ」

余裕で応えつつ、篤彦は胸を擦《こす》られる感覚にぞくぞくした。

「神代の血筋が途絶えたって、知ったこっちゃないや。先生は？　結婚したいの？」

出の目にいくらか抗議の色が灯《とも》った。

「無理だな、たぶん…」

「だよね。僕もだよ」

出は晴々と宣言した。

「無理なこと考えたってしかたないじゃん。僕はずーっとこのまんま、先生といたい」

じゃれつかれると、つい締まりのない笑みが浮かんでしまう。

そんなことができれば、どんなに幸せかと思う。しかし、十代の無邪気な願望に同化できないほどには、篤彦はすでに大人になっていた。

「この部屋で？　ぞっとしないな」

篤彦は笑いながら、出の鼻に口づけた。

出はすぐに首に両腕を絡めて、ディープなキスを求めてきた。早朝ラウンド突入の気配を察して、篤彦はすばやく膝の上のトレーを傍らのサイド・テーブルに移動させた。

「どこでもいい、先生と一緒にいられるなら。もうあんな家帰りたくない。僕だって、眞斗君みたく自由に好きなことやってやる」

熱っぽく訴える瞳に負けて、篤彦は出の身体を抱きしめた。

「自由に見えても、眞斗だって環境的には君と大差なかったよ」

「違うよ、全然。テニスの選手はカッコイイけど、霊媒はカッコ悪い」

篤彦は笑いながら出をシーツに委ね、魔法の指を遊ばせた。

「どこが？　オレには超がつくほど可愛いけど」

胸の突起をソフトに弾かれて、出はすぐに切なげに身を捩らせた。

「それに…少なくともいろんなところに行けるだろ。僕は、万年引きこもりだもん」

「ひっぱりだしてやるよ、いつでも…」

ぼやく声を唇で塞ぎ、感じやすい肌を優しく撫でさする。出は長い息を吐いて、篤彦の送りこむ快感に呑みこまれていった。かすれた喘ぎが旋律となって、室内にこだました。

「先生……」

潤んだ目が、夢見るように篤彦を見上げた。

「さっき…よく洗ったから」

「え……？」

「舐めて……」

消え入りそうに囁く顔が、たちまち桜色に染まった。

幼い指が篤彦の右手をとり、おそるおそる秘めたる場所へ導いた。期待と不安にうち震える窪みに触れ、篤彦の全身に快感の波がじわじわと押し寄せてきた。

「喜んで」

開いた膝を押しやると、篤彦は静かにそこに顔をもぐらせた。

舌先でそっと触れただけで、出は顕著に反応しぴくんと下肢を震わせた。

「あ、あっ…ああ…ヘン、変な感じ……」

「いや？」

篤彦は慎重に、出の反応を伺った。

「イヤ…じゃない。いい…もっとして……」

素直だな。篤彦は微笑んで、愛撫を続行した。さらに舌を伸ばし、深く差し入れくすぐると、そこはたちまち熱を帯び、激しい収縮をくりかえした。

「んあっ…あ、あ…っ、すごい」

感じるポイントを探り当てられ、執拗に攻められると、出は全身を震わせ身悶えた。

腰が勝手に動き、篤彦の舌をさらに深く呑みこもうと円を描いた。

瞼を閉じ、うわごとのように呻きながら、出の指は無意識に自分の胸の突起を撫で、切ない分身をなだめていた。硬く尖った先端から欲望の蜜がとめどなく溢れ、指を濡らした。

その姿を見ているだけで、篤彦の欲望はたちまち沸騰点まで昂った。

「ああ…先生、入れて…欲しい、先生の、ああン……」

自分の言葉に欲情して、出は全身を朱に染め狂おしく乱れた。

「ま、待て。まだ早い」

篤彦は慌てて自分のモノを扱き、出の餓《かつ》えた秘所に指を差し入れた。濡れそぼり、いくらか弛んではいたものの、そこは篤彦の指をおそろしい強さで絞り、喰いしめた。

「あうっ…くっ、くぅ…っ、早く——」

身体は幼くても性感は人一倍強いのか、出は全身で悶え、欲しい欲しいと哀願した。

せきたてられるように、篤彦は腰を浮かせた。今入れたら死ぬほど痛いぞ。わかっていながら、この勢いをストップできなかった。

「ああっ、ダメ…イッちゃいそう」

切羽つまった声を聞いて、篤彦は咄嗟に左手を伸ばして、出の指を制止した。

瞬間、分身を包んでいた出の手のひらがばっと開き、篤彦の指を摑んだ。

その手が左手と気づいた時には、もう遅かった。

しまった――！　と思う間もなく篤彦の身体は反転し、あっという間にシーツにねじ伏せられていた。

大きな褐色の瞳がギラギラと光り、篤彦を見下ろしていた。


「ざまーみろ、逆襲してやった！」

荒い息を吐き散らしながら、眞斗は憎々しげに吐き捨てた。

その顔が、見るまに子供じみて歪んでいくのを、篤彦は呆然と見守っていた。

「酷いよ、篤ちゃん。こんなのアリかよ…？」

眞斗の瞳から悔し涙が溢れ、篤彦の裸の胸にしたたった。

「すまん……」

この状況で、他に返す言葉があるだろうか。篤彦はうなだれ、責める言葉を待ち受けた。

「なんの真似だよ、これ？　こんな貧弱なガタイでも、生きてる方がいいのかよ？」

「そうじゃない、オレは出を――」

愛してるんだ。喉まででかかった言葉を、篤彦は引っこめた。これ以上、眞斗を刺激したくはなかった。

「いったよな、オレだけを愛してるって」

「ああ……」

眞斗はやにわに身を屈め、間近から確かめるように篤彦の目を覗きこんだ。

「嘘じゃないよな……」

突き刺さるような視線が、篤彦を圧迫した。心の隙を突かれた気がして、篤彦は熱くなった。これは単純な心変わりじゃない。オレは今でもお前を愛している、その気持ちに嘘はない。でも愛情の種類が違う。

「今さら弁解はしない。オレはお前を失って、寂しかった。出も同じように孤独だったんだ。だから、求め合った。それが許せないというなら、今すぐオレを連れていけ」

眞斗の瞼がぴくんと反応した。

篤彦は胸に置かれた眞斗の右手をとり、首筋に誘導した。

「お前の握力なら、片手で締められるだろ」

「……」

眞斗は頑《かたく》なな表情のまま、ぐっと右手に力をこめた。

息が詰まり、心臓がせりあがるような圧迫感が押し寄せてきた。それでも、篤彦は声を上げなかった。ただじっと眞斗の目を睨みすえ、こみあげる苦痛に身をまかせていた。

「気持ちいい？　篤ちゃん」

眞斗の目にぞっとする笑みが浮かんだ。

なんだって——？

篤彦は驚いて目を見開いた。冷めた視線が薄笑いを浮かべて、見下ろしていた。

「苦しいだろ？　オレも同じだったよ。そのままふーっと気持ちよくなって、気がついたら、こっちに来てたんだ。なあ、どんな感じ？　怖い？」

「お前に…殺されるなら、本望だ」

篤彦はやっとの思いで声を絞りだした。

長い指にぐいぐいと力がこもり、なおも強く締めあげた。なかば薄れかかる意識の中で、篤彦は覚悟を決めた。いいさ、殺《や》れよ。さっさとそっちに連れていってくれ。

痺れた耳に、眞斗がくくくと笑う声が届いた。

「こんな、バカっぽい場所で死んだら、後で大騒ぎになるぜ」

不意に手が離れ、新鮮な空気が一気に肺になだれこんだ。篤彦は咳きこみながら、必死で息を吸い、空気をとりこんだ。

「オレがマジで殺すと思った？　するワケないだろ、こんなに愛してるのに——」

喘ぐ唇を眞斗の唇が塞いだ。抵抗する術《すべ》もなく、篤彦は苦しいキスを受け入れた。

「今回だけは許してやるよ。オレだって、篤ちゃんが初めてってワケじゃないし」

余裕の笑みを浮かべて、眞斗は篤彦の身体に馬乗りになった。

「眞斗……」

「これでタイだ。篤ちゃんが、この子とやりたいってんなら話早いや。適当なところで入れ代わればいいんだよ。最高だろ？　一回で二人分楽しめるんだからさ」

眞斗は手慣れた調子で篤彦のものを扱《しご》くと、自分の秘所にあてがった。

「やっ、やめろ、眞斗……！」

焦ってひきかけた手は、眞斗の強い握力に戻された。眞斗は小さく息を切らせながら、

「オレを味わったら、二度と出なんか抱く気起こらないぜ」

角度を確かめゆっくり腰を下ろしてきた。

思いだせ、それはお前の身体じゃないんだぞ――。

突然の強烈な快感にさらされ、篤彦は声を失った。篤彦の分身はきしむように眞斗の腰を割り、熱い収縮に呑みこまれた。

「ううっ……！」

眞斗の呻きが頭上から響き、篤彦のそれと重なった。

やめろ、眞斗、やめてくれ――！

叫びはくぐもった呻きにしかならず、眞斗の欲望を高めるだけだった。

「あぐっ…い、いいっ……あおっ、うおお、ううっ……！」

眞斗は狂おしく呻きながら、叩きつけるように腰を連動し、回転させた。

灼熱の熱さが、篤彦を喰いしめては吐きだし、扱きたてた。

理性は吹っ飛び、本能だけに支配された。篤彦は夢中で腰を突き上げ、貪欲な秘孔をえぐり貪った。

眞斗は獣じみた声をまき散らしながら、空いた手で己の欲望を握りしめ、激しく擦りたてていた。

褐色の胸が、油を敷いたように濡れ光り上下に動いた。半開きの唇から舌を覗かせ、眞斗は髪を振り乱し我を忘れて悶え狂った。その姿は、たとえようもなく淫らで美しかった。いけないと思う気持ちが、より異常な興奮に拍車をかけ、篤彦の全身を痺れさせた。

我慢はすぐに限界を超え、二人は絶叫に近い叫びを放ち、同時に熱いマグマを迸らせていた。

2

存分に快楽に溺れたあげく、眞斗はさっさと現世を引きあげていった。

我に返った時には、出は無残に篤彦の胸に打ち捨てられ、小刻みな痙攣をくり返していた。

「出――」

篤彦は胸が潰れる思いで、出を抱き起こしシーツに横たえた。

出はぱっと目を見開き、突然おこりにかかったように震えだした。パニックの発作に襲われ、呼吸困難に陥った胸が激しく隆起した。

「う、うっ…く、くっ、くっ……！」

苦悶の呻きが洩れ、虚ろに空を見つめた目が飛びだしそうに見開かれた。

恐怖が篤彦を縛りつけた。

慌てて人工呼吸を施しながら、篤彦は必死で祈りを唱えた。

頼む、頼む、頼む──。

やめてくれ、眞斗。出を連れていかないでくれ！

愛する者を失う恐怖は、一度体験しているだけに耐えがたく篤彦を圧迫した。

次第にゆるやかになる鼓動を聴きながら、篤彦は安堵と激情のまかせるままに涙した。

パニックから脱すると、出は瞬きしながら、不思議そうに篤彦を見上げた。

「もう終わったの…？」

「ごめん…ごめんよ、出…」

ただ抱きしめて、謝ることしか篤彦にはできなかった。

何が起こったのか、聴くまでもなく出は知っていた。

「誰のせいでもないよ」

出はぽつんといった。

そう、悲しいことにまったく誰のせいでもないのだ。

ピンクのシーツに散った血痕が、痛ましい傷跡を忍ばせていた。

「診《み》せて」という篤彦の要求を、出は頑に拒み、よろよろと立ち上がりバス・ルームに閉じこもった。

温かいバスタブに身を沈めるうちに、激痛はいくらか治まった。

「もう治った、痛くないよ」

無理に笑って見せる顔を、篤彦は正視できなかった。

出にとっては、なんの歓びも満足もない、レイプされたに等しい体験ではないか。しかも傷つけたのは、ほかならぬ自分なのだ。

出が明るくふるまえばふるまうほど、篤彦のやり切れなさはつのり、いつしか会話も途切れていった。

篤彦は黙ってバス・ルームに逃げこみ、抑制の効かない己の分身を熱いシャワーで戒《いまし》めた。

オレは結局、どっちと「した」ことになるんだろう？　眞斗の霊を制御できないどころか、しっかり感応してしまった自分が、返す返すも腹立たしかった。

こんなことなら、眞斗に命を断たれていた方がマシだった。しかし、それは出を殺人者としてここに放置することに他ならない。

あの時は、そこまで思い至らなかった。

自分の考えなしの行動が何をひき起こすか、想像しただけで、篤彦は身震いがした。

眞斗は、それを見抜いていたんじゃないだろうか。ひょっとしたら、すべてを仕組んだのは眞斗で、オレたちは手のひらで踊らされたにすぎないんじゃないか？

そんな疑心暗鬼《ぎしんあんき》に陥る自分を、篤彦は即座に恥じた。

愛する弟を——自分で呼びだしておきながら——今になって、疎《うと》ましい存在にしてしまうとは、オレは心底見下げはてた野郎だ。

熱いシャワーを冷水に切りかえ、篤彦は腐った頭に喝《かつ》を入れた。

篤彦が浴室をでてくると、出は窓際の椅子にかけ、携帯電話を相手に話していた。持ち上げた肩で電話機を挟み、不自由な恰好でTシャツを被っている。

「どうでもいいよ、そんなの。わかってるってば、帰ってから話すっつってんじゃん」

ぞんざいな口調は、出が煩《わずら》わしい現実に連れ戻されたことを語っていた。

篤彦はため息をついて、床に散らばった衣服を身につけた。

時計はすでに、退出時刻の十分前を告げている。この部屋に入ったばかりの、あの楽しさや高揚した気分は、後かたもなく消えていた。

「一応消毒した方がいい、オレのクリニックに寄ってくれ」

帰りの車中で、篤彦はなかば命じるようにいった。

「平気だってば……」

消え入りそうに呟き、出はコートの襟に顔を埋めた。

「雑菌が入ったら大変だろ」

出はそれ以上の抵抗を示さず、黙って窓の外を眺めていた。

雪はとっくに雨に変わり、わずかに積もった路上の白を黒ずんだ灰色に変えていた。

今の二人の気分そのままに陰鬱《いんうつ》な雲が空を覆い、無言のドライブを見下ろしている。

車が篤彦の世田谷の家に到着した時には、すでに正午を過ぎていた。

日曜日だったこともあり、クリニックの正面はシャッターが閉じられたままだった。

篤彦は裏に面した紀ノ本家の玄関に、出を誘導した。

ドアを開けると、キッチンからダシをとる家庭の匂いが漂い、スリッパの音が忙《せわ》しく鳴り響いていた。

これが現実なんだよな。あたり前のことを、篤彦はぼんやりと実感した。

「お帰りなさーい」

キッチンから、咲子の元気な声が響いた。

「朝帰りとはいい度胸ですこと、あら——？」

茶化しながら現れると、咲子はすぐに、篤彦の後ろに隠れるように立っている少年に目をとめた。

「急患なんだ、ちょっとクリニック使うよ」

篤彦はいたって事務的に告げた。

「あらまあ」

咲子は目を丸くし、少し心配げな顔になった。

「腕、また腫れちゃったの?」

「ええ…まあ」

出はうつむきかげんに応答した。腕じゃないんだけど…と、その横顔に書いてある。口にだしていえる場所でもないしな。出の恥ずかしさを思い、篤彦は改めて己の罪を意識した。

「手伝った方がいい?」

「いい、いい、オレ一人でやれるから」

篤彦はあわてて、乗りだす咲子を制止した。

「そうお? 悪いわね、ちょうどお昼の支度にかかっちゃって…」

悪くない、悪くない。篤彦は手を振って、そそくさと出を伴いクリニックに向かった。

白衣をつけると、ただちに医師としての職業意識が立ち戻った。

篤彦は処置用の長椅子に出を座らせ、四方のカーテンで覆い隠した。

「ジーパン下ろして、横になって――」

医者の指示となれば、出も嫌とはいえず従うほかなかった。

そこは痛々しく腫れてはいたものの、目で確認できるほど大きな傷は見あたらなかった。

エタノールを含ませた綿で患部を消毒してやると、出は一瞬身を縮こませた。

「冷て……」

「ちょっとだけ我慢」

いいきかせて、篤彦は手早く消炎と化膿《かのう》止めの処置を済ませた。

「この薬、少しあげるから、一日二回、患部を清潔にしてから塗布すること」

必要以上に堅苦しい言葉を聴いて、出はようやく口許をほころばせた。

「笑いごとじゃないぞ」

出の尻を軽く叩いて、篤彦も苦笑した。

「念のために抗生物質もね。酷く痛むようなら飲みなさい」

「わかりました」

含み笑いをしながら、出はジーパンを引き上げた。

「ついてたな、初体験がドクターで…」

無駄口を叩く出を見て、篤彦は赤面しつつも少しホッとした。

「治療費はおいくらですか？」

「よしてくれ」

篤彦は苦虫をかみつぶした顔でいった。

「こっちが賠償《ばいしょう》請求されるところだぜ」

ぎりぎりのジョークを交わし、二人は顔を見合わせて笑った。

廊下にでると、キッチンから醬油ダシの甘い匂いが流れてきた。

「いい匂い……」

出の声につられて鼻をひくつかせ、篤彦は急に空腹を覚えた。

咲子が箸を握ったまま現れた。

「ねえ、うどん茹《ゆ》ですぎちゃった。神代君、よかったらお昼一緒に食べていかない？」

出は面食らって、まっさきに篤彦の顔を見上げた。

「ダメかしら？　お母様が待ってる？」

咲子の顔には「ぜひに」という懇願が見てとれた。茹ですぎたというよりは、はじめからそのつもりだったのだろうと、篤彦は理解した。

「いいえ、でも……」

いいのかな？というように、出は今一度不安げに篤彦の顔を見上げた。

「そうだね、食べていったら？」

篤彦の反応を見て、出は「じゃあ」と頷いた。

「実は…お腹ペコペコだったんです」

「あら嬉しい。なら、いっぱい食べてってね。たくさん作ったから」

誰よりも弾んだ声をあげて、咲子はウキウキとキッチンに戻っていった。


咲子が出のために用意した席は、生前の眞斗の定番の場所だった。

向かい合わせに座りながら、篤彦はいくらか心騒ぐものを覚えていた。

この状況は、またしても眞斗を刺激することにならないだろうか？

篤彦の不安が伝わったかのように、出も椅子の上で身を強張らせた。

「引きとめるほどのメニューじゃないんだけど」

恐縮しながら、咲子は出の前にできたてのきつねうどんの丼を置いた。熱々のうどんにたっぷり煮汁を含ませた大きな油揚げが、見るからに食欲をそそった。

いの一番に篤彦が箸をとると、出もすぐに「いただきます」と丼を引き寄せた。

「右腕、だいじょうぶ？」

咲子に訊ねられて、出の右手はぎこちなく固まった。

「あ…もう、だいぶ楽になったんで…」

「そう？　よかったわ」

薬味やらお茶やらとかいがいしく世話を焼きながら、咲子はふーふー息を吹きかけ黙々とうどんをすする出を、目を細めて眺めていた。

咲子が眞斗を思いだしていることは、篤彦の目にも歴然だった。

「やっぱり若い人の食べっぷりって、見てて気持ちがいいわねえ」

「年寄り臭いよ、ママ」

「悪かったわね。ねえ神代君、今日バースデイでしょ？」

出は箸を止めて、きょとんと咲子を見た。

「ごめん。貴男のカルテを見てて、クリスマスの日って印象的だから覚えてたのよ」

出はちょっと困ったように目を伏せた。

「十八になったんでしょ？」

「はい……」

「私にも貴男と同い年の息子がいたのよ。今年の春に事故で亡くなったんだけど…」

「ママ、そのことは——」

篤彦が制する前に、出はさっさと頷いてしまった。

「知ってます」

咲子はびっくりして、篤彦の顔を凝視した。

「やだ…篤彦君、そんなこと話してたの？」

出は一瞬「しまった」という顔をしたが、篤彦は慌てなかった。

「うん…まあ、なにかの折りにちょっとね」

「けっこうお喋りなのね、若先生は」

なら、説明の手間がはぶけたわ、というように、咲子は屈託なく笑った。

「だから貴男ぐらいの患者さんを見ると、つい懐かしくて引きとめたくなっちゃうの。でも、気にしないでね。ほら食べて食べて――」

咲子は嬉しそうに、出の器に油揚げを追加した。

その様子を、篤彦は複雑な心境で見守っていた。

これでは、正しく眞斗の代用品ではないか。

兄のみならず母までも――眞斗の逆鱗《げきりん》に触れたらどうしようと、内心ビクついていた。

「お母様と二人で暮らしてるの？」

慈しむように訊ねる顔には、眠っていた咲子の母性が満ちあふれていた。

「いいえ」と出は即答した。

「母の愛人が居すわってます」

「あらまあ！」

明快すぎる回答に、咲子は目を丸くして吹きだした。

「おかしいかな…？」

「いえ、いえ、貴男があんまりクールにいうから…」

「元フラメンコの教師で、〃ホセ〃っていうんです」

出が受けを狙うと、咲子はツボにはまって「まあステキ」とほがらかに笑った。

こんなに楽しそうな咲子を見るのも久しぶりだと、篤彦は思った。

「僕はいつも家にいるから。たまにはいない方が、あの二人も楽しいんです」

「ほんとにクールなのね、うちの子とは大違いだわ」

あたかも、眞斗がまだ実在しているような口調に、篤彦は不思議な戸惑いを覚えていた。

実際、今でも生きているに等しい。

その気になれば、すぐにでも会わせてやれるのに――。

思いが伝わったかのように、出がちらりと篤彦を見た。

そんな無謀なことはできない。と、お互いの視線が戒め合っていた。

久々ににぎやかな昼食を過ごし、気がつけば二時間近くが経過していた。

「ごめんなさいね、せっかくの誕生日に。お母様、きっと待ちくたびれてるでしょうね」

咲子は名残惜しげに、玄関先まで出を見送った。

「さあ…待ってるかどうか」

肩をすくめて、出はスニーカーに足を入れた。

「待っていますとも」

断言して、咲子は出の裏返ったフードに手を伸ばし整えた。

「他に好きな人がいても、母親の息子への愛情は別物なのよ」

慈愛に満ちた笑顔に触れて、出もぎこちない笑みを返した。

「またいらっしゃいね」

いってから、咲子は「いやだ」と笑いだした。

「もちろん治療じゃなくて、遊びに来てねっていう意味よ」

「はい。ごちそうさまでした」

「診察の方は、年内にもう一度」

それだけいって、篤彦は出の顔を見つめた。

送っていきたいのは山々だったが、単なる医者と患者の関係でそれはできなかった。

「年内に……」

復唱して、出も篤彦を見上げた。

「必ず来ます」

その胸に飛びこみたい、その身を抱きしめたい。交わし合う眼差しの中に、二人は互いの切ない願望を読みとった。

「おだいじに」

咲子の声に送られて、出は紀ノ本家を後にした。

3

二十九日は、年内最後の診療日だった。

その日になっても、出は一向にクリニックに姿を現さなかった。

「神代君、どうしたのかしら？」

夕刻近い時間になると、篤彦よりも咲子の方がそわそわし始めた。

「必ず来るっていってたのに…。篤彦君、キャンセルの電話受けた？」

「いや。経過良好で、忘れちゃったんじゃないの」

無関心を装いつつ、篤彦の心中も穏やかではなかった。

あれから、いく度か出のケータイに電話をしてみたものの、電源を切っているのか、まったく応当がなかったのだ。

「だからって、何もいってこないなんて。そんな子には見えなかったけど…」

人けのない待合室を眺めて、咲子は恋する乙女にも似たため息をついた。

「あのね、篤彦君――」

受付の椅子を回して、咲子は呼びかけた。

「実は、今日アモンドのリング・シュークリームを買ってあるの。マナが大好きだったアレ、ひょっとしてあの子も好きかと思って…」
咲子の女のカンは、しばしば篤彦を萎縮させた。内心の動揺を隠して、篤彦は笑った。

「お茶に呼ぶつもりだったの？」

咲子は恥ずかしげに頷いた。

「おかしいでしょ？　自分でもバカみたいって思うもの。一介の患者さんに…誰が考えてもおかしいわよね」

「いや、ママの気持ちもわかるよ」

「こんなことといったら、笑われるかもしれないけど……時々あの子がマナに見えるのよ」

篤彦の胸はずきんと疼いた。やっぱりママも見抜いていたのか。

「ママ……」

「わかってる、もちろん見かけは全然似てないわ。でも似てるのよ、どこがどうっていえないけど、あの子を見てると、眞斗がそこにいるような気がして……」

篤彦の言葉を遮るように、咲子は早口でまくしたてた。

「思ったところで、どうにもならないけど」

声を詰まらせ、咲子は悲しげにうつむいた。

「オレも…同じ気持ちだよ」

「ほんと？」

濡れた瞳が、篤彦の顔を食い入るように見つめた。

「ああ、新しい弟みたいな気がしてる」

「そう…そうよね、やっぱり。あの子を息子みたいに思ったって、別に悪いことじゃないわよね」

咲子は救われたように、同意を求めた。

「でも、出君には、それって迷惑なことなのかしら？　私があんなことといったから、気が重くなって、ここに来られないんじゃ…」

あれこれ思い煩《わずら》う咲子の心情を、篤彦は苦しく受けとめた。

迷惑なんて思ってないさ。むしろ、出だってここに来たいに決まってる。

急に来られなくなったのは、何らかの不都合が生じたからだ。

「忘れなきゃいけないのは、わかってるんだけど…やっぱり、まだダメね。テッドに会うのも、マナに会いたい延長なのよ。ほら、あの子って、父親似だったじゃない」

「なるほど」と篤彦は微笑した。

「嬉しいよ、ママが本心を打ちあけてくれて」

「いまだに子離れできないのよ、私。呆れちゃうでしょ」

「忘れるにはオーラが強すぎるんだよ、眞斗は」

咲子は目頭を拭って、くすっと笑った。

「そうね、あの子は特別だったもの…」

「ママ、テッドと再婚しなよ」

咲子の目を見つめ、篤彦は真剣にいった。

「眞斗の思い出ごと。それが一番いいよ」

咲子は思いつめたように、瞬きをくり返した。

「それで救われるかしら…」

「少なくとも、オレの相手をしてるよりはいいだろ？」

「あー、私を追いだしたいんだ」

明るさをとり戻した咲子の笑顔を見て、篤彦は安心して笑った。

「違うって、もう。ヒガみっぽいんだから」

「その分じゃ、イブの夜から相当進展したみたいね。こら、白状しろ」

咲子はまだ、篤彦がイブの夜を妙齢の女性と過ごしたと思いこんでいた。帰宅した時に出が現れたのも、まったくの偶然と信じているようだった。

「気にしないでよ、オレはオレで勝手にやるから」

篤彦は困りはてて、とっくに整理を終えたカルテに向き直った。

「私には本心を話してくれないのね…」

咲子は少し寂しそうに、受付の椅子から腰を上げた。

「フラれたら、カッコ悪いからさ」

内心で「ごめん」と呟きながら、篤彦は母屋に向かう後ろ姿を見送った。


咲子が買い物にでたのを見はからって、篤彦は母屋の電話をとった。

すでに頭にインプットされた神代邸の番号を押し、息を詰めて身構えた。

五回ほどコールしたところで、もったいぶった麻路の声が応答した。

「神代でございますが――」

お前はいつから改名したんだ、ホセ。内心突っこみながら、篤彦は冷静に切りだした。

「紀ノ本クリニックですが、出君がまだみえないので、どうされたかと思いまして」

相手が息を殺している嫌な気配が、しばし耳に伝わった。

「年内の診療は本日限りなので、もし腕の具合がおもわしくないようでしたら――」

「イヅル様の腕は完治なさっています」

麻路はいきなり、篤彦の言葉を遮った。

「ご心配は無用です、今後はそちらに伺うこともございませんので」

断定されて、篤彦は少しカチンときた。

「できれば、ご本人に直接確かめたいんですが」

「困りましたね…では、少々お待ち下さい」

あっさり引き下がったのは意外だったが、それからたっぷりと人を食ったような「トロイメライ」のメロディを聴かされ、篤彦のイライラは頂点に達した。

「お電話変わりました」

あげくに聴こえてきたのは昌子のキンキン声だった。

「お世話になってナンですけど、出はもうそちらにはやりませんので」

「どういうことですか？」

「また腕が痛むようでしたら、他の先生にかかります。うちとも、宅の息子とも二度とお関わりにならないで下さい」

高飛車《たかびしゃ》に命じられて、篤彦は思わずカッとなった。

「ずいぶん一方的なおっしゃりようですね。そりゃ、オレも失礼したことは認めます。謝りますよ。でも、それと出君の治療は別問題でしょう？　行く行かないは、ご本人が判断することじゃないんですか？」

「お言葉ですけど——先生、うちの子を手なづけてどうするおつもり？」

昌子の声は、急にとげとげしく裏返った。

「なんですって……？」

「おとぼけにならないで下さいな。出をお宅へ呼んで、ロハで〝仕事〟をさせる魂胆じゃないんですか？　あの子は純真だから、騙されやすいんですよ。この前だって、先生のところで、ひと晩中弟さんの霊と交信させられてたんじゃないのかしら」

それが母親の言いぐさか？　怒りのあまり全身が震えた。

「出君がそういってるんですか…？」

「なかなかいいませんでしたけど、問い詰めたら白状しましたよ。急に腕が痛くなって、紀ノ本先生のお宅にいったら、そこでごちそうになってひと晩お世話になったって」

それが思いつく限りの最善の言い訳だったんだろう。母親と、その愛人に詰問された出の身の置き所のなさを思い、篤彦は苦いものを嚙みしめた。

「ええ、そうです。おかげで、弟のいないクリスマスも楽しく過ごせましたよ。だけど、それだけだ。断じて、息子さんによけいな〝仕事〟なんかさせてやしませんよ。何がいけないんですか？　いくらお母さんでも、そこまで束縛する権利はないでしょう」

激して、つい口調が荒くなった。逆効果テキメンで、昌子はますますヒステリックに声を張りあげた。

「大きなお世話だわ！　二度とうちの敷居をまたがないで下さい。金輪際《こんりんざい》、うちの子にもちょっかいださないで──あ、ちょっ、ちょっとやめなさい、イヅっ──！」

いきなり通話が乱れ、昌子の声が遠のいたかと思うと、懐かしい声が耳に飛びこんだ。

「先生──？」

「出……？」

どうやら、母親を押しのけて受話器を奪ったらしい。背後から「ホセ、ホセ！」と麻路を呼ぶ昌子のけたたましい声が鳴り響いていた。

「ごめん。ごめんね、行けなくて。今外にでられないんだ、僕」

切羽つまった声を聴いて、篤彦は青ざめた。

「でられないって…どうして？　監禁でもされてるのか？」

「いえない。でも傷は大丈夫だから、心配しないで。そのうち必ず――あっ」

不意に出の声が途切れ、受話器が落ちるような衝撃音が走った。

「どうした、出？　何があったんだ!?」

クソ、やめろ、バカっ！　抗《あらが》う叫びがかすかに聴こえ、すぐに雑音にかき消された。

狼狽した篤彦の耳に、唐突に通話を断ち切られたプツンという音が響いた。

ツーツーという発信音を握りしめて、篤彦は呆然とその場に立ちつくしていた。

あの家は地獄だ。家庭じゃない――。

4

神代出は、薄暗い納戸の中で膝を抱えて座っていた。

足元には、銀色のトレーに乗った昼食が冷めきったまま放置されていた。

あの日、篤彦との通話を強引に断たれた時から、出は唯一の抵抗策としてハンガー・ストライキを決行していた。

昌子はヒステリーの発作を起こし、麻路に命じて出をここに閉じこめ、鍵をかけた。

体力的にはあの男に敵わない、出は悲しい現実を噛みしめた。

それから、丸二日ここにいる。この分では、除夜の鐘もここで聴くはめになるだろう。

建て売り住宅としては異例に広い鍵つきの納戸を作らせたのも、初めから自分のお仕置き用として使うためだったんだろう、と出は今にして納得した。

以前にも一度、ここに閉じ込められたことがあった。

ナントカ党の代議士とかいうおエライさんに、息子の霊を呼びだしてくれと依頼された時だ。脂ぎって臭い息を吐くそのオヤジと面接した際、出は男の中にいる二十歳そこそこの若者の霊が、息子ではなく愛人だったことを確認した。

青年はオヤジとの対面を望むどころか、むしろ拒んだ。

愛情なんかない、恨みしか抱いていない。あの男に土地を奪われたあげく、一家は離散し、自分は人買いのようにあいつの養子として迎えられ、実態は奴隷に等しかった。

生々しく陰惨な体験を聴かされ、出は初めて人の〝恨み〟や〝憎悪〟を習得した。

今度会うことがあれば、オレは間違いなく野郎を殺すね——。

いわれて、出は怖気《おぞけ》ふるった。

ジジイはオレの身体に未練があるだけなのさ。あんた、耐えられるかい——?

どっちに転んでも、いいことはなさそうだ。察して、出は交霊を拒否した。

オヤジは諦めず、出の前に万札の束を積みあげた。

昌子はその金に目がくらみ、出に依頼を受けるよう強要した。

真相を告げ、説得しても、母も麻路も折れなかった。

「テキトーに演技して、愛想ふりまいて終わらせりゃいいのよ」

それは父との約束に反する。出は頑《がん》として受けつけなかった。

決して、霊を侮《あなど》ってはならない。嘘の降霊をしてはいけない。

その教えは、幼い出の身に染みこまれていた。

「怖いからイヤだ」と、いくらいっても母は聴いてくれなかった。終いには、ヒステリーを起こし、出をここに閉じ込めた。

まだ十五歳だったこともあり、出はパニックにみまわれて、心因性の呼吸困難に陥った。

息子が救急車で運ばれるにいたって、ようやく昌子も降霊の無理じいを断念した。

以来、出は確実に呼びだせる霊だけを相手に、現世とのナビゲーター役を勤めてきた。

「その気になれば、もっと稼げるのに」

母と麻路がひそかに囁き合っているのは知っていたが、出は信念を曲げず強気の姿勢で押しとおした。なんといっても、自分はこの家の稼ぎ手なのだから。

その自負心に圧倒され、母も愛人も腫れものに触るように出の機嫌を伺うようになった。

しかし、その能力が失われた今、出は無力で痩せっぽちな一人の子供にすぎなかった。

ひと晩で権力は逆転し、今では麻路が精神不安定な母に代わって、この家をとり仕切っている。

やっと自由になれたと思ったのに、なぜまだ縛られなければいけないのか？　出は口惜しくてならなかった。

昌子は、出が霊を呼びだせなくなったのは、純潔を失ったからだと信じていた。

「あんたの身体は汚《けが》れている！」

毒々しく吐き捨てた母の言葉が、出の胸にきりきりと蘇った。

「いいなさい、どこぞの女にくれてやったの⁉　どうせ、あの医者が一枚咬《か》んでいるんだろ？　あの男が現れてから、あんたはすっかりおかしくなったよ！」

出は頑に口を閉ざして、何もいわなかった。

「医者はみんなスケベですからね。タダで降霊させた代わりに、フーゾクにでも連れていかれたんじゃないんですか」

麻路は面白そうに昌子をあおった。

「そうなの、えっ？　白状しなさいっ！」

昌子はますますいきりたって、出の襟首を摑んで揺さぶった。

母親がこうなったら何をいっても無駄だと、出は悟っていた。怒りの発作が治まるまで、ただひたすら、耐えているしかないのだ。

「どうすんのよ、ええ？　あんた、自分のしたことわかってんの？　このままじゃ、あたしたちみんな干乾《ひぼ》しになるんだよっ！　このバカ息子の役立たず――――！」

幼い日の折檻《せっかん》が蘇り、昌子は平手でびしゃびしゃと出の頭や顔を打った。

「まあまあ、マルガリータ、抑えて抑えて」

麻路は余裕たっぷりに、昌子の太った身体を抱きすくめるようにひき離した。

「イヅル様の年頃じゃ、発情するのはいたし方ありませんよ。終わったことは終わったこと、今後の対策をじっくり考えましょう」

昌子はハアハア息を切らして、居間のソファーにどすんと腰を下ろした。

「とにかく、そのバカ息子をあたしの目の前から追いやってちょうだいっ！」

「仰せの通りに」

麻路は恭《うやうや》しく出の肩に両手を伸ばした。

「さあイヅル様、反省室に参りましょう」

口調は優しかったが、肩に食いこむ指は容赦がなかった。

出は観念して、麻路の腕に引っぱられるまま納戸に押しこめられた。

しばらくして、居間の方から情熱的なスパニッシュ・メロディが流れてきて、生《なま》の手拍子が加わった。景気づけに、二人で踊り始めたらしい。

勝手にやれよ――。活気に溢れたBGMとは裏腹に、出の気分は虚ろだった。

それから、出は何も食べず、トイレ以外の要求もせずにここにいる。

寂しくはなかった。時おり現れるお喋りな霊が、話し相手になってくれたからだ。


「いつまで、ここにいるんだよ？　年が明けちまうぜ」

眞斗は、ふてくされた調子で呼びかけてきた。

「飯も食わないでさ、ここで餓死《がし》する気かよ？」

まるで傍らに寄り添われたような感覚に、出はささやかな笑みを浮かべた。

「そうだね…。でも、もう何もかも面倒臭くなっちゃってさ」

「じゃあ、こっちに来るか？　でも、まだまだ未練あんだろ？」

「そりゃあね、困った霊に邪魔されてできなかったこともあるし…」

かはは、と快活に笑う声が、鼓膜をくすぐった。

「オレもお前に逝《い》かれちゃ困るんだ、今は」

「また邪魔する気だろ？　それもなんだかな…」

出は疲れたため息を吐いた。

先生に会えたとしても、もれなくこいつがついてくるんだから嫌んなる。

「お前、意志弱すぎだよ」

眞斗は叱りつけるようにいった。

「マジで戦えよ、マジで。なんで、奴らのいいなりになってんだよ？」

「僕は君と違うから…」

戦闘能力に欠けてんだよ。元々そういうシミュレーションを組みこまれてないんだ。

「負け犬のセリフだよ、んなの。にしても、お前のお袋、なんだアレ？」

「悪かったな…」

「ありゃ女じゃなくて、化けモンだよ。オレのママに会ったろ？」

「ああ…ごめんね、あの時は」

「いいよ別に、うどんぐらい食っても。なあ、美人だろ？」

意外に気を悪くしてはいないらしい。むしろ得意気な様子である。

「うん。きれいだね、優しいし…。先生と並んでも、絶対母子《おやこ》には見えないよ」

「だろォ？」

眞斗が鼻をうごめかす気配が伝わってきた。

「オレはママのこと、理想の母親だって思ってる。オレを育てるのに苦労してきたから、これからはうんといい生活させてやろうって、ずっと思ってたんだけどさ」

妙にしんみりした口調に、眞斗の無念が忍ばれた。

「マザコンなんだな」

「るせえな、お前だってお袋のために、やりたくもない仕事やってきたんだろうが」

「僕の場合は、生まれた時から決められてたことだから」

「ナンセンスだよ、んなの」

眞斗はきっぱりいいきった。

「お前の人生はお前のモンだよ。よけいな能力が消えて、清々《せいせい》したんじゃなかったか？」

「でも、カンペキに消えたってワケでもないし…」

出は実態のない眞斗に、恨めしげな一瞥《いちべつ》をくれた。

「君がいなくなれば、また蘇るかもしれないけど」

「なんだよ、それ？　厭味か？　だったら、なんだよ？　この先、またさんざんこき使われて、役に立たなくなったら子供作って、油ゼミみたく短い一生でサヨナラすんのか？」

眞斗の言いぐさは、出の傷つきやすいハートをグサグサ突き刺した。

わかってるよ。それが嫌だから好きに生きようと決めたのに、初《しよ》っぱなから邪魔してくれたのは誰なんだ？　と、いいたかった。

「篤ちゃんを好きなんだろ？」

「お尻が痛いだけの関係なんて、やだよ」

それを聴いて、眞斗はまたひとしきりケラケラ笑った。

「悪ィ、あん時は頭に血が昇ってたから。絶好のチャンス到来だったしな」

それって、霊のすることか？　ムクれながらも、出は眞斗を嫌いにはなれなかった。同じ人を愛し悩みを相談できる、親友にも等しい存在になっていた。

何よりそのオーラがまぶしかった。天性の美貌と運動能力に加え、霊界と現世を自由に行《い》き来《き》できる超人的なパワーには、手放しであこがれてしまう。

「慣れたら、じきにヨクなるよ。セックスは楽しいぜ」

「かなり遊んでたみたいだね」

「ま、片手で足りるって程度だけど、相手には不自由しなかったな」

またしても、得意気に高い鼻をうごめかしている。出はちょっと拒否反応を覚えた。

「だったら、先生じゃなくてもいいじゃん…」

「わかってねーな、篤ちゃんは特別。なんたって初恋の人だからさ。篤ちゃん以外の日本の男なんか、ヤる気もしないね」

ひえー、ジンガイ専門か？　鍛えられてるはずだ。そんなのに乗り移られたこっちは、いい迷惑だ。

出の心の声を読みとって、眞斗は「けっ、ブリッコ」と毒づいた。

「篤ちゃんみたいなタイプは、オレのテリトリーにもいないよ。知性的で、どっかストイックな感じで――本性は違うけどさ、めちゃイイ男じゃん」

「それに優しい、すごく大事にしてくれるし…」

「ああ…可愛がってもらった、いっぱい」

ぼんやりと宙を見すえる出の視線に、眞斗の視線が柔らかな光となって重なった。

二人は同じ空間に同じ想いを投影し、愛する人を分かち合っていた。

「いいな、思いでたくさんあって…」

「お前だって、これから作ればいいんだよ」

「怒らない?」

「そりゃ面白かねえけど、お前がいなけりゃ、オレにもチャンスないしな」

やっぱりね……出は怠惰なため息をついた。

思いきって家を飛びだしたとしても、残された(たぶんあまり長くない)人生を、眞斗に居候《いそうろう》されたまま、過ごさねばならない。先生と一緒にいたいと願えば、それは避けられない運命なのだ。

独占欲が見えない火花を散らすのを、出はおぼろげながら感知した。

「実は、いいアイデアがひとつあるんだ」

ややあって、眞斗はそっと切りだした。

「お前にもオレにも一番いいって方法がさ、うまくいけば実現できるかも」

「なにそれ?」

「幸いオレ、まだ成仏してないだろ？　現世に帰れる手段がないでもない」

「身体がないのに？」

「だからァ、美しいオレを復元すんのは無理としてもさ、これから生まれる赤ん坊とか、乗り移る手はあるんだって、専門家の説によれば」

「専門家？」

「こっちにもいるんだよ、その手の学者がゴロゴロ。で、奴らがいうには――」

不意に、納戸のドアがおごそかにノックされた。

目の前の光がさっと飛び去り、瞬時にして眞斗は姿を消した。

気がつけば、辺りはすっかり闇に包まれていた。


「イヅル様――」

麻路ののっぺりした顔が、闇に浮かびあがった。

わざわざ非常用のロウソクを手にしているのは、演出効果を狙ってのことだろうか？

「電気つければ？」

出の声を無視して、麻路は足元の床に音もたてずに陶製の燭台を置いた。

「おやおや、また何も召しあがらなかったのですか？　お身体にさわりますよ」

「ほっとけ。どうせ役立たずなんだし」

ぞんざいにいってやると、麻路は忍び笑いをして出の前に屈みこんだ。

「嘘をついては困りますね」

「なんだよ？」

睨みつけても、麻路は相変わらず口許に嫌らしい笑みを浮かべ続けていた。

「力が失《な》くなったなんて、おたわむれを。今、誰と話していたんです？」

出の頬が熱くなった。こいつ、ドアに耳くっつけて聴いてたのか？

「ひとりごとだよ、僕のクセ」

「会話されていたようですが、架空のお友達ですか？」

「そんなとこ」

「丸二日ここにいても退屈しないとは、さぞ霊界にもお友達がたくさんいらっしゃるんでしょうねえ」

なんだってこう、もってまわった喋り方するんだ？　出はムッとして、押し黙った。

「お母様は騙せても、私の目はごまかせませんよ」

いいながら、麻路は胸ポケットから小さな包みをとりだした。

「これはなんでしょうねえ、貴男のコートのポケットからでてきましたが…」

差しだされたものをひと目見て、出の頬はかっと火照《ほて》った。

ピンク色の真四角な包みは、いわずと知れたゴム製品のパッケージだった。

「ここに、ホテルの名前が書いてありますねえ。環八沿い――ですか？　ここはチェーン店でしょうか。ずいぶん遠くまで行かれたようで…」

興味本位で持ってきたのが仇《あだ》になった。出は唇を嚙みしめた。

麻路は出の反応を楽しむように、手の中でピンクの包みを転がして見せた。

「なにがいいたいんだよ……？」

「お待ち下さい、もうひとつあるんですよ」

麻路は重々しく、別のポケットから白い薬袋をとりだし、出の鼻先にかざして見せた。

「外用薬、とありますねえ。紀ノ本クリニック…お馴染みのところですね」

「腕を治療した時、もらってきたんだよ。文句あるか？」

麻路は、出の神経を逆撫でするように、ふるふると袋を振って見せた。

「抗生物質に化膿止めもですか？　外傷でもないのに」

「痛かったんだよ、あの時は…」

「そんなに腕が痛い時に、ホテルに行って何をしてたんです？」

「う……」

返答に詰まり、出は顔を背けた。

「嘘はいけないと、申しあげましたでしょう」

麻路は、我が意を得たりとにじり寄ってきた。

「貴男は、あの男…紀ノ本クリニックの先生とホテルに行ったんじゃないんですか？」

「……」

「お母様が考えてるようなことはなかった。そうでしょう？　むしろ、もっといけないことでしょうねえ。生殖目的ではない、自然の理《ことわり》に反する営《いとな》みをなさった…と」

残忍な笑みが炎にゆらめき、ドラキュラのような顔が迫ってきた。

「だったら…なんだってんだよ？」

出は怯えを隠して、麻路をぎっと睨みつけた。

「別に。ただ、お母様が知ったら、さぞお怒りになるでしょうねえ。貴男が女性ではなく男と情を交わす、しかも受け入れる側とあっては、神代家の存続も危ぶまれますからね」

こいつ、僕を脅す気なのか？　出の背中に冷や汗が浮かび、思わず身が縮こまった。

「それは、さぞや痛かったこととお察ししますよ。でも、ご安心を。お母様にはこれらの品をお見せしてませんし、私の推理もお話ししてはいませんから」

「何が望み……？」

心ならずも声が震え、麻路はにやりと口の端を曲げて笑った。

「私のやり方に従って下されば、それでいいんですよ」

そういって、麻路は出の膝にそっと手を置いた。

「貴男の能力の有無《うむ》など問題ではありません。今まで通り、いらしたお客さまのお相手をして頂く。霊のより好みなどせずに、まんべんなく呼びだして差しあげる。もちろん多少の演技は必要かもしれませんが、まあ心配ないでしょう。我々を騙せるテクニックをお持ちなのですから。それで、神代家も安泰、すべて丸くおさまります」

クソっ……！　出は内心で呻いた。こんな奴に尻尾をつかまれ、言いなりにならなくてはいけないなんて。悔し涙が瞼に浮かび、全身が震えるほど腹立たしかった。

「泣かれることはありませんよ」

むやみに優しい指が伸び、出の目尻をそっと撫でた。

「あの男と逢引きしたければ、お母様に内緒で私がとりはからって差しあげます。ご結婚までは、イヅル様はお好きなだけただれた関係を楽しめばよろしいんですよ」

語調が変わり、舌なめずりするような目が出を真下から覗きこんだ。

「あの男に何をされたんです…？」

膝に置かれた手がそろそろと腿に回り、指先が核心に触れてきた。

「こういう悪戯《いたずら》をされたんですか？」

「やめろ、バカっ――！」

「大声をだすと、お母様を呼びますよ」

脅しながら、麻路は出の両腕を後ろに束ね、左手でがっちり拘束してしまった。

嫌らしい指がすりすりと股間を撫で、次第に荒っぽく揉みあげてきた。

「チキショー、チキショー、おっ、お前なんか……」

「嫌いですか？　面白いですねえ、そんな嫌いな男に触れられても、ここはこんなに固くなるものですか？　私は試したことはありませんが、結構楽しいかもしれませんねえ」

嬉々として出を弄びながら、麻路の息はだんだん荒くなってきた。

「不思議ですねえ、お母様といたす時より興奮してきます。これも新鮮な感動なんでしょうか。イヅル様の唇はとても可愛いですよ、お母様よりそそられる…」

「やっ、やめろ、やめろォ……！」

吸いついてくる唇から、出は必死で顔を背け抗った。

「そんなに邪険《じゃけん》にしないで下さい、私はいずれ貴男の父になる男ですよ」

そんな――!?　絶望に縛られ、目の前が真っ暗になった。

「もっと仲良くいたしましょう。お母様も喜ばれますよ」

ママは本気でこの男と再婚するつもりなのか？

いやだ、いやだ、そんなの嫌だ――！

出の全身から力が抜け、意識がぽんとどこかへ飛んでいった。

麻路は呆然として、崩れかかる身体を抱きとめた。

おやおや。この程度で失神するとは、このガキもまだまだ青いな――。

「では、失礼して」

一礼して、麻路は出の唇に顔を近づけた。礼儀だけは重んじる男だった。

あの淫乱なデブ女とするより、はるかに刺激的で面白い。力で征服する快感を知り、麻路は有頂天になった。

ウキウキと唇を突きだしたとたん、いきなり伸びた手ががっちりその顔をとらえた。

なに――⁉

何が起こったのか認識するヒマもなく、出の手のひらに顔を塞がれ、息が詰まった。信じがたい力に押しやられ、麻路は後ろに吹っ飛び、後頭部をしたたかに床に打ちつけていた。

「マザー・ファッカー――‼」

毒々しく吐き捨てる声が響き、ショック状態の麻路の目に、中指を突きだし仁王立ちになった出の姿が飛びこんだ。

「出に手をだすんじゃねーよ、ボケっ！」

「な……？」

麻路は金縛りに合ったように動けなくなった。わなわな震えながら、廊下に身を投げ、豹変した出を見上げるのが精一杯だった。

「いーかげん飽き飽きした、オレは退散するワ」

「あばよ」の声と共に、股間に強烈な一撃が走り、麻路は昏倒《こんとう》した。

かすんだ目が最後にとらえた出の姿は、まったくの別人に見えた。

5

「ちょっとでかけてくる――」

キッチンに呼びかけて、篤彦はコートを被った。

正月料理と雑煮の支度に追われていた咲子は、菜箸《さいばし》を握ったまま振り向いた。

「えー今頃？　もう『紅白』始まる時間よ」

「いいよ、そんなの。除夜の鐘までには帰ってくるよ」

「どうしたの、いったい？」

パタパタと追いかけてくるスリッパの音を振りきって、篤彦は足早に家を飛びだした。

あれから一切、出から連絡が途絶えている。

不穏な神代家の空気を嗅ぎとった日から、篤彦は穏やかではいられなくなった。

外にでられないと出はいった。あの年頃の男の子が自力で脱出できない状況とは、いかなるものなのか。考えれば考えるほど、落ちつかなくなった。

どうであれ、出にとって快適な状態とは思えない。

呼吸困難に陥った出の様子が蘇り、篤彦は胸が潰れそうになった。

会いたい、あの子に会いたい。こんな心境で、安穏《あんのん》と年を越せるワケがない。

何をどうする、という考えもなく、ただ衝動に突き動かされ篤彦は行動した。

マイ・カーのエンジンが温まる時間ももどかしく、通りを走り、駅前でタクシーを拾った。ものの十分《じゅっぷん》も走れば、出の家に着ける。

せめて、無事な姿だけでも確認したい。場合によっては、二階の自室から脱出するのに協力してもいい。出の軽さなら、飛び下りれば必ず受けとめてやれる。

そして、手に手をとって逃げるのだ。強欲な母親と、その愛人から出を解放し、どこか遠くに二人だけで身を隠そう。

まるでドラマのような展開を想定して、篤彦の血は熱くたぎった。

さすがに大晦日《おおみそか》の夜ともなれば、住宅街はものの見事に静まり返っていた。

曲がり角にタクシーを止めさせ、篤彦は運転手に一万円札を差しだした。

「釣りはいらない。代わりに、少しここで待っててもらえないかな」

「困るよ、お客さん」

運転手は露骨に顔をしかめた。

「私も、今夜は早くしまいたいんでねェ」

家族もちらしい中年の運転手は、引っこめた手でパンチパーマを撫でた。

「頼むよ、十分でいい。十分過ぎたら、帰っていいから」

運転手はしぶしぶ承諾して、万札を受けとった。

車を降り、立ち並ぶ塀に身を隠すようにして、篤彦は慎重に神代邸へと近づいた。

「紅白歌合戦」の幕開けを告げる、にぎやかなメロディが家々の窓から響き渡っていた。

聴こえてこないのは、出の家だけだった。見あげると、部屋の灯も消えていた。

居間の電気だけが煌々《こうこう》と灯り、不気味なほどの静けさに対比していた。

誰もいないのか？　篤彦は予期せぬ状況に混乱した。

しかし、もし麻路と昌子が不在なら、またとないチャンスだ。

篤彦は意を決して、そろそろと壁づたいに門柱に近づいた。

フェンスに手をかけた瞬間に、玄関からバタンと勢いよくドアの開く音がした。

わっ――！　即座に身を引いた篤彦の目前を、人影が疾風《はやて》のように駆け抜けていった。

その後ろ姿を見て、篤彦は仰天した。

眞斗――!?

外見は確かに出だったが、足の運びや腕の振り、そのスピードは、まぎれもない眞斗の疾走だった。

篤彦はしばし呆然として、もはや完全に一体化した二人が、街灯の下を走り去っていくのを見送った。それから、慌てて反対方向に止めてあったタクシーめがけて突っ走った。

痺れを切らした運転手が、今や車を発進させようとしていた。

「まっ、待て、待ってくれ——！」

必死で叫んで腕を振り回したものの間に合わず、車は無情に走り去った。

「くそっ——！」

篤彦は悔しまぎれに電柱を蹴飛ばした。

その時である。ちょうど曲がり角を折れてきた昌子とばったり鉢合わせしてしまった。

「——！」

二人は同時に絶句して、顔を見合わせた。

「先生……！」

大きなフライド・チキンの箱をぶら下げて、昌子はふくよかな顔を引きつらせた。

「何をしてるんです、こんなところで⁉　また、うちの子にちょっかいだすつもり⁉」

「それどころじゃないんです！」

足を止められ、篤彦は焦り、全身でジタバタした。

「たった今、お宅の息子さんが飛びだしていったんですよ。駅の方向にまっすぐ——」

「嘘おっしゃい！」

静かな住宅地に、昌子のキンキン声が響き渡った。

「私を騙そうったって、そうはいきませんよ！　そんなワケないでしょっ、麻路がしっかり見張ってるんだからっ！」

昌子は怒りのあまり顔を紅潮させ、篤彦に摑みかからんばかりになった。

「ちょ…ちょっと、冷静になって下さい。なら、確かめてみればいいでしょう」

昌子はフーッと威嚇《いかく》するように鼻息を荒らげ、小走りに自宅に向かっていった。

フェンスに玄関までもが開け放されているのを見て、ようやく異変に気づいたらしい。

「ホセっ――！」

篤彦が首を伸ばすと、駆けこむ昌子の巨体の隙間から、廊下のとっつきに仰向けに倒れている麻路の姿が、目に入った。

やられたな――。何が起こったのかを理解して、篤彦は苦笑した。

出は監禁できても、眞斗はそうはいかない。逆鱗に触れ、強烈なスマッシュをお見舞いされたらしい。

昌子の泣き叫ぶ声を尻目に、篤彦はすみやかにその場を後にした。

もう慌てる必要はない、彼らの行き先はわかっている。

オレはまっすぐ自宅に戻ればいいだけだ。


玄関のチャイムが鳴り、咲子は重箱を持つ手を下ろした。

もお、なんなの？　大晦日のこんな時間に――。

昆布巻《こぶま》きを詰める作業を中断して、咲子はエプロンで手を拭き拭き玄関に向かった。

ドアのはめガラスに移る人影を見て、全身がぎくりと固まった。一瞬、眞斗が帰ってきたような錯覚を覚え、胸が熱く高鳴った。

バカね、私ったら。

咲子は気をとり直し、微笑みながらドアを開けた。

「ようこそ、神代君――」

こんな日のこんな時刻の訪問にも、なんら違和感は感じなかった。

予期していたかのように迎えられ、出はしばし面食らい、突っ立っていた。

「すみません、お忙しい時に……」

白く吐き散らされる息、赤みの差した頬が、急いで走ってきたことを物語っていた。

「確かに、一年で一番忙しい時だわね」

咲子の笑顔に触れて、出ははにかんだ笑みを返した。

「どうぞ入って。若先生はちょっとでかけてるけど、じきに帰ってくるわ」

「いえ、いいんです」

出は一歩後ずさり、辞退の手をかざした。

「予約をドタキャンしたお詫びをいいたかっただけで、あと…」

「そんなこと、気にしなくていいのに」

咲子は笑いながら、手を差しのべた。

「ね、熱いココアでも飲んで、温まっていらっしゃい」

「ありがとうございます。いろいろよくして頂いて、お礼をいいます」

「そんな…改まっていわないで」

不意に目の前の少年を抱きしめたい衝動にかられ、咲子はうろたえた。

そんなこと考えてはいけない。この子は眞斗じゃないのだから――。

切ない思いを殺して、咲子は出の顔をじっと見つめた。穴のあくほど見つめれば、眞斗の面影が浮かびあがってでもくるかのように。

出は黙って、咲子の視線を受けとめた。

不思議な静寂に包まれ、咲子はともすれば泣き崩れそうな安らぎを覚えていた。

「こんな気分、初めて。あの子が亡くなってから…」

声を詰まらせる咲子に近づき、出はおもむろに左手を差しだした。

「手をだして――」

「え……?」

咲子は当惑し、潤んだ目をしばたたいた。

「何も訊かないで、お母さんの左手を僕に下さい」

その言葉に引き寄せられ、咲子は左手を差しだした。水仕事で荒れ、バンドエイドの巻かれた指に、出は静かに指を絡めた。そして、目を閉じて、近くにいるはずの友人に呼びかけた。

でてきて――。

一瞬咲子の手がぴくりと強張り、握る指に力がこもった。

「あ……」

咲子の口が小さく開かれた。目はまばたきを忘れ、まっすぐ出を見つめていた。

「マナなの……？」

咲子は催眠状態に入っていた。

そう、それでいい。早くでてこい眞斗、僕の身体に乗り移れ――。

出は頭を空白にして、必死で自我を消そうとした。なのに、眞斗はなかなかやってこない。

なぜ？　なぜだよ？　なんででてこない？

焦れば焦るほど意識は冴え、交信のレーダーが鈍った。

ちきしょー、勝手な時だけ現れて勝手な真似しやがって。本当に来て欲しい時には、来てくれないのかよ？

苦しさに涙がにじみ、握る指が震えだした。

これが最後なんだ。もう二度と、生前の君の姿をお母さんに見せてやることはできないんだ。だから、いってるのに――。

もう限界だ。息苦しさに負けて、出は呼びかけを断念した。

目を開くと、涙で濡れた咲子の顔が飛びこんできた。

「ありがとう……」

咲子は晴れやかに笑った。

「なんだか…巧くいえないけど、とても素敵な感じだった。マナに会えた気がして…」

本当はちゃんと会わせたかった。話だって、させたかったのに。

出は落胆し、うなだれていた。

「貴男って、不思議なパワーを持ってるのね」

咲子はゆっくり手を伸ばし、慈しむように出の髪を撫でた。

「抱きしめたら、怒る？」

出は即座に首を振った。咲子はゆっくり腕を伸ばして、その少年を抱きしめた。

顔も体格も違うのに、その感覚ははるか遠い彼女の記憶をまざまざと呼び覚ました。

咲子は出の肩に顔を押しつけ、はらはらと涙を流した。

「ごめんなさい…一度だけだから、しばらくこうしていて」

咲子の髪の匂いに包まれて、出は震える背中を両腕に包んだ。

「諦めないで――」

咲子の耳元に、出は小さく呼びかけた。

「眞斗君は、きっと帰ってきます」

「え……?」

咲子は顔を起こし、出の顔をまじまじと見つめた。

「姿は眞斗君じゃないけど、でも、お母さんには必ずわかります」

熱のこもった眼差しが、咲子に問いかける言葉を失わせた。

「約束します、絶対にまた一緒に暮らせる日が来ます」

断言すると、出は穏やかに咲子の身体を引き離した。

「篤彦先生によろしく伝えて下さい。今度会う時は——」

「なに…?」

「いえ…いいんです、もう」

出は横顔に寂しげな笑みを浮かべ、ドアに向かった。

「さようなら、お二人のことは忘れません」

「神代君……?」

それ以上、引きとめる言葉がなぜかでてこなかった。

去ってゆく後ろ姿を見送りながら、咲子の足は、その場に釘づけられたように動かなかった。

6

タクシーをつかまえるのに手間どり、篤彦が帰宅したのは、出が去って五分後のことだった。上がり框《がまち》に当然あると思っていたスニーカーがないのを見て、篤彦はたちまち胸騒ぎに襲われた。

「ママっ——！」

コートを脱ぐのも忘れて、篤彦はキッチンに駆けこんだ。

雑煮の鍋も、三段重ねの重箱も中途のまま放りだし、咲子はダイニング・テーブルに肘を突き、放心したように座りこんでいた。

「お帰りなさい」

どこか夢見心地なその表情から、篤彦は出がここに現れたことを感知した。

「真…じゃない、出が来たろ？」

「神代君？　ええ、来たわ」

咲子はぼんやりした視線を、篤彦に振り向けた。

「でも、すぐに帰っちゃったの。引きとめたんだけど…。貴男によろしくって、お二人のことは忘れませんって、何だか今生《こんじょう》の別れみたいないい方して」

「ママ……」

昂ぶる感情を抑えて、篤彦は咲子ににじり寄った。

「彼の手を握った…？」

咲子はぽかんと口を開け、篤彦を見上げた。

「どうして知ってるの？」

「握ったんだね、眞斗に会えた？」

咲子はようやく我に返ったように、驚愕した瞳を見開いた。

「なに？　いったいあれはなんなの？　篤彦君、私に何を隠してたの？」

篤彦は身を屈め、混乱する咲子の肩を両手で押さえた。

「教えて、眞斗に会えた？」

咲子はかすかに頷き、それから慌てて首を振った。

「わからない、よくわからないのよ。一瞬、あの子が眞斗に見えた気がしたの。それからしばらくは…なんだか夢を見てるみたいにフワフワした感じで…。胸のつかえがスーッと降りて、ワケもなく泣きたくなって——気がついたら、あの子を抱きしめてた」

ひと息に喋り、咲子は長いため息をついた。

「でも、出君はどこか申しわけなさそうにして、眞斗君は必ず帰ってくるって…」

「なんだって——？」

そのひと言が、篤彦の胸を鷲掴みにした。

「そういったの。姿は違ってても私にはわかるって。諦めたらいけない…って。あれはどういうこと？　ねえ、篤彦君は知ってたの？」

篤彦は観念して頷いた。

「ごめんママ、隠してて。出は霊能力者なんだ」

咲子は言葉を失い、呆然と篤彦を見つめた。

「オレは、あの子の家で何回か眞斗に会ってる」

「そんな……」

茫然自失の咲子に、篤彦はすまなげに首を垂れた。

「オレ…どうしても諦めきれなくて、あいつの自殺の真相を知りたくて…」

「ひどいわ！」

咲子は両手で顔を覆い、篤彦の手を振り払うようにテーブルに向き直った。

「マナは私の子よ。そんな勝手なこと…どうして相談してくれなかったの？」

「ごめん、ごめんよママ。今夜出を連れてきて、ちゃんと話すつもりだったんだ。なのに行き違いで、巧くいかなくて――」

その時、玄関のチャイムがけたたましく鳴った。二人はハッとして同時に息を詰めた。

「よかった、戻って来てくれた！」

篤彦の顔に、一転してパッと笑みが戻った。

「これですべて解決する、巧くいくよ」

何が解決するのか自分でもよくわからぬまま、篤彦はコートをひるがえして玄関に向かった。チェーンを外すのももどかしく、満面に笑みを湛えてドアを開けた。

いきなり、足元にフライド・チキンの箱がぽんと放りだされた。

神代昌子が鬼の形相で立っていた。

「――!」

ずかずかと入ってくると、昌子はいきなり篤彦に摑みかかった。

「出を返して――!」

その剣幕に気押《けお》され、篤彦の脚はよろめいた。

「悪党! 出を、あたしの息子を返せっ! ここにいるのはわかってるんだ!」

「ま、待ってお母さん、ここにはいません! 本当です!」

「嘘つき! ペテン師! あたしの息子に何をした⁉ ええっ⁉ 何したんだよっ⁉」

化粧の崩れた顔を真っ赤に歪ませ、昌子はわめきながら土足のまま飛びかかってきた。

いきなり体当たりを食らい、篤彦は巨体に押しつぶされるように廊下に倒れた。

「畜生! 悪魔! お前のおかげで、出は悪霊にとり憑かれちまったんだ‼」

ぜいぜい息を吐き散らし、昌子はなおも篤彦の身体に乗りあげ拳を叩きつけた。

あまりのことに、篤彦は腕で顔を庇い、防御するのが精一杯だった。

仰天した咲子が駆けつけ、必死で昌子の身体を引き剝がそうとした。

「やめ、やめて！　なっ、なんですか、貴女はいきなり……!?」

「出君のお母さんだ…」

防戦しながら、篤彦はやっとのことで伝えた。

「もういません、本当よ！　さっき来たけど、すぐ帰ったの！」

咲子の悲鳴のような叫びと共に、昌子の動きがひくっと止まった。見あげる顔がみるまに青く膨れあがり、唇からぐっぐっと異様な呻きが洩れ始めた。

大きな身体が反転して、ごろりと廊下に仰向けた。昌子は喉を押さえ、苦悶にのたうった。浜に打ちあげられた鯨のように痙攣する昌子を見て、篤彦は青ざめた。

「ママ、カンフル持ってきて！　あと精神安定剤も！」

「そんなの、どこにあるの？」

「薬剤用の棚、救急ボックスの中！」

咲子はあわてて立ちあがり、クリニックに向かって駆けだした。

篤彦は昌子の大きな胸に耳を当て、心音の乱れを確かめた。脈は早く、呼吸は不規則だった。懸命に心臓マッサージを施すうちに、呼吸はやがて正常に戻り、鼓動も落ちついてきた。篤彦はホッとして、ぐったり横たわる昌子に呼びかけた。

「お母さん、血圧高いでしょう？　興奮すると心臓にも悪いですよ」

医師としてのアドバイスを、昌子は憮然としながら聴いていた。

テーブルには、重箱とフライド・チキンの箱が奇妙なコントラストで並んでいた。

昌子は精神安定剤と咲子の煎れたほうじ茶の香で、ようやく落ちつきをとり戻したものの、今度は涙が止まらなくなった。

「警察に頼んでも、失踪して丸一日経たないと捜索願いはだせないって…。元旦じゃ人手も足りないだろうし、もう少し待ってみろっていうんですよ」

「まあ、幼児じゃないんだし、そう心配しなくても…」

昌子を励ましながら、篤彦も心痛に苛《さいな》まれていた。こうしている間にも、出が自分からどんどん遠ざかってしまう気がした。眞斗と共に——。

二人に背を向けて、雑煮の鍋をかまっている咲子の心境も大差なかった。

「あの子がいなくなったら、あたしはどうしたらいいの…？」

嘆きながら、昌子は明るいピンクのタオル・ハンカチで盛大に鼻をかんだ。

ママが派手な色ばかり選んでくるんだ、僕が色弱だから——。

出の言葉を思いだし、篤彦は目の前のけばけばしい女性に哀れみを禁じえなかった。

たとえ欲に目がくらんだとしても、昌子にも、息子を思う純粋な愛情は備わっている。

母子を引き裂こうとした自分の思惑が、いかにも浅はかで愚かなものに思えた。

「麻路さんは…どうなんです？」

篤彦は、眞斗の狼藉《ろうぜき》の結果が気になって訊ねたが、昌子はかっと目をつり上げ、「あんな男！」と吐き捨てた。

「でて行きましたよ。金づるがいなくなったと知ったら、態度ガラッと変えて、あたしが警察に電話している隙に、とっとと財産もち逃げして――」

その時の悔しさが蘇ったのか、昌子の目から新たな涙がどっと溢れた。

眞斗の憑いた出は手に負えないと悟り、麻路はさっさと計画を変更したらしい。

「財産て、通帳をもっていかれたんですか？」

「違うの。銀行は金利が低いからって、あの人謝礼を金《きん》に変えて保管してて、それを全部持って逃げたのよ。信用して管理任せてたあたしがバカだったの」

そりゃあ立派な横領だ。篤彦は呆れて、ブーッと鼻をかむ昌子を眺めていた。

未成年者に稼がせて脱税していたことを思えば、昌子も安易に警察に飛びこむことはできない。なんとまあお人好しか、惚れきってて正体が見抜けなかったのか。

「あたし…あたしには、もうなんにも残ってないの。あの子しか…」

嘆きぼやきながら、昌子はさめざめと涙に暮れた。

「だったら、なぜもっと大事にしてあげなかったんです？」

それまで黙っていた咲子が、突然振り向いていった。

「お子さんに霊媒まがいのことをさせて、お金稼がせて…ご自分は何をなさっていたんです？　愛人とフラメンコ踊ってたんですか？」

厳しい口調だった。昌子は絶句して、ハンカチから泣きはらした目を上げた。

「今になって…お金も愛人も失ったから、戻ってきてくれなんて、そんなの勝手だわ」

篤彦は驚いて、咲子を見上げた。咲子の唇は震え、瞳は悲しみに沈んでいた。

「ママ…何もそこまで」

「なんで庇《かば》うの？　貴男、悪魔だペテン師だっていわれたのよ。おまけに、私の息子を悪霊だなんて、いくら頭に血が昇ってても、いっていいことと悪いことがあるわ」

昌子は突然、わっとテーブルに泣き伏した。

「だって…だって、麻路がそういったのよ。出には悪霊がとり憑いてる、確かに見たって。あの医者の弟の霊だ、あの変態に弄ばれたせいだって……」

篤彦は強張り、何もいい返すことができなかった。

「なんてことを……」

シンクに寄りかかり、咲子は嘆息した。

「そんな男のいうことを真に受けるんですか？　貴女の財産をもち逃げした男の」

「だってだって…」とくり返しながら、昌子は涙に溺れた。

「そんな弱気でどうするの？　母親なら、何があろうと自分の子を信じるべきよ！　かりに、悪霊がとり憑いたとしても、篤彦君のせいじゃないわ。そもそも貴女がそんな仕事をさせたから、出君を酷使したからでしょう！」

「もういいよ、ママ」

心苦しさに負けて、篤彦は咲子の弁舌を遮った。

「よくないわ、私にはわかるから。私も同じだったもの…」

咲子は昌子の隣に腰を下ろし、囁くように話しかけた。貴女だけじゃないわ――。

「私も息子を失くしたの、たった一人の大事な実の息子を。私だってあの子に夢を託してた、すごく期待してた。今にきっとビッグになって、楽をさせてもらえるって。でも、それが知らず知らずのうちに、あの子にプレッシャーを与えていたかもしれない。ストレスになってたかもしれない。母親の欲があの子を押しつぶしたんじゃないか…」

「違うよ、ママ。そんなことは絶対――」

咲子は手を伸ばして、篤彦の言葉を遮った。

「自分の愚かさに気づいたのは、あの子が亡くなってからよ。やっとわかったの、あの子の代わりはいないんだって。元気でさえいてくれれば、それでよかったの。それ以上を望むことはなかったのに……」

気丈な咲子の声が震え、瞳から涙がこぼれた。

「母親は…みんな愚かなのよ」

咲子は手を伸ばし、昌子の丸い肩を優しく揺すった。

「でも大丈夫、きっとやり直せるわ。だって、貴女のお子さんはまだ生きてるじゃない」

昌子はうんうんと頷きながら、顔を起こした。

「ごめんなさい……ひどいこといって」

「いいのよ、もう」

にっこり微笑んで、咲子は頬の涙を拭った。

完敗だ――。篤彦は感嘆しながら、その様子を眺めていた。母の愛には敵わない。

昌子はハンカチで目を拭い、ようやく化粧の剝げた顔をほころばせた。

「あの子がここに来たら、私が待ってるって、いってやってくれます？」

篤彦と咲子は同時に頷いた。

「あーあ、これだけ泣けば少しは痩せるかしらね」

どこか晴々とした様子で、昌子は大きく息を吐いた。

「そのチキンね、あの子に食べさせてやって。丸二日ハンストしてたけど、これなら食べるかと思って買ってきたの」

それから、ふと隣にあったお重を目で差して、自嘲の笑みを浮かべた。

「あたしは、正月でもそういうことやんないクチだから、あの子、こんなモンばかり好物になっちゃって…」

　しょうがない母親だわね。いいながら、昌子は大きな身体を椅子から持ち上げた。

「先生にもいわれたし、心臓のために少しダイエットでもするわ」

「お大事に」といって、二人は玄関先まで昌子を見送った。


　篤彦が一人になるのを見はからったように、ケータイの着メロが鳴った。

　十一時も過ぎ、元旦の準備も整った頃、テッドから「初詣にいかないか」と誘われて、咲子がでかけた直後のことだった。

　椅子に掛かっていたコートのポケットから、篤彦は慌てて電話機を引っぱりだした。

「モシモシ――」

　篤彦は息を詰めた。どっちだろうと迷いつつ、心の隅では予測がついていた。

「篤ちゃん？」

　あの世からのコール。ミステリー小説の世界を、篤彦はまさに体験していた。

「眞斗……？」

「ちょっと遠いけど、今からでられる？」

「ああ、どこへでも行くよ」

「出にはいってないんだ。あいつ、篤ちゃんにはもう会わないってから。でも、それじゃちょっとフェアじゃない気がしてさ、オレは。篤ちゃんの意見も聴こうと思って」

「お前が、帰ってくることについてか？」

「ビンゴ。さすがよく通じてるね」

「それで、ママに顔を見せなかったのか？」

「まあね。どのみちママはもう乗り越えてる。それを、またムシかえして混乱させるよりは、出を気に入ってもらった方がいいからさ」

どういう意味だ？　篤彦の胸騒ぎを察したように、眞斗は話を逸らした。

「ここがどこかわかる？」

「たぶん…出の父親の生家か、その辺りだろ？」

「すげえ、霊媒も顔負けだね。ほとんど廃屋だけどさ、まあ夜露はしのげるよ」

「以前《まえ》に聴いたんだよ、S県のT市だっけ。道路がすいてれば、一時間で行ける」

「オレが先導するよ。三人で年越そうぜ」

「蕎麦《そば》はないけど、チキンならあるぜ」

「ベリグー。もぉ腹減りまくって、伸びてるよ」

お前がじゃないよな。

篤彦は胸のうちで呟いた。出の体力がなくなれば、眞斗のパワーはよりみなぎるのか、その声は以前に増して艶めいていた。

「待ってるよ」

通話が切れて、初めて篤彦はケータイの電源を切っていたことに気づいた。

7

大晦日の道は、みごとなまでにすいていた。

初めて訪れる土地にもかかわらず、篤彦は迷うことなく道を選び、ブルーのスカイラインを走らせていた。既視感にも似た懐かしさと、目に見えないナビゲーターに導かれて、除夜の鐘が鳴りおわる前には、目的地のT市にたどり着くことができた。

雑木林を抜け、ブナや樺《かば》の生い茂る小道をしばらく走ると、道は途切れ、うっそうと生い茂るススキの原の中に、ぽつんと一軒の日本家屋が浮かびあがった。

辺りには朽ちはてた廃屋が点在し、かつて集落だった名残をとどめていた。土地開発に出遅れでもして、村民はこの土地を見捨てていったのだろう。

日本のゴースト・タウンともいうべき場所に立ち、篤彦は都会より寒い風に晒されていた。ここなら、まさしく霊を呼ぶには抜群のロケーションだった。

神代家は古めかしい格式のまま、今も朽ちることなく、その姿をとどめていた。その強固な造り、文化財に指定されてもおかしくない建築様式が、当時の繁栄を誇示していた。

枯れたススキの群生《ぐんせい》をかき分けて、篤彦はまっすぐその家に向かった。

はるか遠くから、新年を告げる鐘の音がごおんと薄ら寒く響いていた。

闇に慣れた目が、屋敷の前にぼんやりと立つ人影をとらえた。道に迷った旅人には、狐と見紛《みまが》いそうな、どこか人間離れした妖しい光が、周囲に立ちこめている。

篤彦がたどり着くと同時に、鐘の音がごぉーんと尾を引いて鳴り渡った。

「百八つ」

立っていた影が呟き、その場に不釣り合いな新年を祝う声が続いた。

「ハッピー・ニューイヤー」

姿も声も出のものだったが、迎えたのは眞斗だった。その証拠に、彼はこの寒空にコートもはおらず、襟つきのトレーナー一枚の姿で立っていた。

「早かったね、篤ちゃん」

いいながら、眞斗はまっすぐ両腕を伸ばし、篤彦の胸に飛びこんできた。

「眞斗――」

包み込んだ身体は、温かくも冷えきってもいなかった。ただ体温が感じられなかった。

眞斗は顔を上げ、篤彦の唇に口づけた。今夜ばかりは、篤彦も抵抗なくそのキスを受け入れた。眞斗が左手を篤彦の左の指に絡めると、徐々に唇に熱が灯り、舌の熱さが感じられるようになった。

「嬉しい、今夜はダメっていわないんだね」

微笑む顔は、すっかり生前の眞斗に変化していた。

「無駄な抵抗はやめたよ」

昌子からことづかったチキンの箱を差しだすと、眞斗は嬉しそうにそれを受けとった。

「サンキュー、まずは腹ごなしだ。さあ、入って」

玄関から長い廊下を抜け、いくつもの襖を通り抜けた最奥の部屋に、眞斗は篤彦を誘った。二十畳はありそうなだだ広い日本間に入ると、湿気を吸ってぼこぼこになった古畳に二人は向かい合わせに座った。

「寒くない？　暖房ないから、コートは着てた方がいいよ」

「大丈夫、何も感じないから」

それは事実だった。この屋敷に入った時から、篤彦の皮膚感覚は失われていた。

眞斗は安心したように微笑むと、さっそく目の前のフライド・チキンにとりかかった。

篤彦は黙ってその身が空腹を満たすのを待ち、室内に目を走らせた。

ほこりを被った仏壇の前には、何も置かれていなかった。位牌《いはい》だけは、昌子も新居に移したのだろう。鴨居には変色してぼやけた写真の額が、旧時代の遺物のようにずらりと並び、二人を見下ろしていた。何代にも渡る、神代家のルーツがそこにあった。

彼らはこの情景をどんな目で見つめているのだろう？　篤彦は思った。アメリカナイズされた霊に占領された現在の当主に失望し、お家《いえ》の衰退を嘆いているだろうか？

もう終わってるんだ——篤彦はそう確信した。

昌子がここを手放し、出がこの家から立ち去った時点で、彼らの血筋は途絶えたのだ。

「すげえ時代がかった家だよね」

フライド・チキンにかぶりつきながら、眞斗は笑った。

「こんな家に縛られてるなんてナンセンスだ、っていってやったよ」

眞斗はそういって、トレーナーの袖で乱暴に脂ぎった口許を拭った。

それは出のクセだ。篤彦は冷静に眞斗を見つめた。

お前にそんなクセはなかった。お前自身、気づかぬうちに出に同化してしまっている。

「どっちみち、出はもう霊能力を失うよ。その方がいいんだ」

「それは、お前の都合じゃないのか？」

「違うね」

眞斗は握ったままの指を、自分の胸に引き寄せた。篤彦の指に確かな心音が伝わってきた。

「ここにあるのは、オレ自身の心臓だよ」

「嘘だろ——？」

焦って引こうとした指を、眞斗は強く握りしめた。

「なんちゃってね、オレもそこまでパワーないよ」

眞斗はクスクス笑いながら、篤彦の目を覗きこんだ。

「でも、この血の流れはオレが与えてる。心臓も肺も前よりずっと強くなってる」

「何がいいたいんだ……？」

篤彦は覚悟を決めて、眞斗の視線に挑んだ。

「オレは現世に戻るよ、出の身体を借りてね」

「ばかな――！」

篤彦は吐き捨てた。そんな身勝手な話があるものか。

「オレの独断だと思う？　出も合意してるんだよ、オレたちはじっくり話し合ったんだ」

眞斗の目はもう笑ってはいなかった。篤彦は息を呑み、その瞳を見すえた。

「こんなこと、滅多にできないよ。オレみたいな特殊な霊だって、これから生まれる命に飛びこむのが精一杯ってところなんだ。それだって、自我は消される。だけど色々研究したらね、出みたいな超能力者に限って、完全に憑依《ひょうい》できるってわかったんだ」

「お前の魂をとりこむのか…？」

眞斗は即座に頷いた。

「もちろん出が了解して、自我を消さなきゃダメだよ。あとは、年齢と性別が一致してれば、なんとかなる」

「人種は？　体格の違いはどうなんだ？」

「そんなの問題じゃないよ。出が抵抗せずに空白状態に入ってくれれば、オレはすんなり彼の身体に入れる。ただし、篤ちゃんが手を握っても、もう生前のオレには見えないけどね」

眞斗は「いいだろ？」と甘えるように、篤彦の顔を見あげた。

「篤ちゃんが出を好きなら、オレは出になって愛してもらえる。そしたら、オレはあの化け物小屋をでて、さっさと本物のママのところへ帰るよ」

「そんなに都合よくいくわけないいだろ。出のお母さんが諒解するもんか」

「その辺は巧くやるよ。卒業したら、紀ノ本クリニックで働かせてもらう、ってどう？」

眞斗なら、弱気になった昌子を手なずけて、思いどおりにするかもしれない。

しかし、人道的にそんなことが許されるのか？

「いっただろ、出もそれを望んでるんだって」

篤彦の思いを読みとって、眞斗は強調した。

「オレたち、もう共存するのも限界なんだよ。オレと同化すれば、こいつはもっと長生きできる。この先、ずっと篤ちゃんやママと楽しく暮らしていけるんだ。もっとも、ママは再婚するかもしれないけど——」

眞斗は言葉を切って、無邪気な笑みを浮かべた。

「そしたら、二人きりか。それも楽しいね」

「わかるもんか！」

篤彦は声を荒らげた。

「決まってることなんか何ひとつない、そうだろ？　お前の死が予測できなかったように、出の未来は誰にも決定できないんだ！」

「篤ちゃん、オレはこっちにいるんだよ」

眞斗の唇に、冷めた笑みが浮かんだ。

「気の毒だけど、オレは知ってるんだ、出の寿命を。具体的にはいわないけどさ…」

背中が凍りつき、篤彦はここに来て初めて寒さを実感した。

「出に会わせてくれ……」

声が震え、今にも叫びだしそうだった。

「あの子に会って確かめる、会わせてくれ！」

「そうくると思ってたよ」

けろっといって、眞斗は首をすくめた。

「だから、オレの一存で篤ちゃん呼んだのさ。最後だから、思いっきり愛してやってよ。今夜は邪魔しないから、目一杯いい思いさせてやっていいよ」

最後だから——というクールなひと言が、篤彦の胸を深く突き刺した。

「眞斗、お前……」

そこまでして、現世に戻りたいのか？　オレの愛すら、もう疑わないのか？

「出とオレはズバリ一心同体だからさ。嫉妬なんかしないよ」

ほがらかに笑って、眞斗はぱっと左の指を広げた。

瞬間、篤彦の目前の景色は、薄闇から虹色へと色を変えた。

何度体験しても、この瞬間だけは馴染めなかった。

まるで自分がロボットにでもなったかのように、スイッチひとつで五感を操作されてしまう。今や、そのリモコンを握っているのは全面的に眞斗なのだ。

実感しながら、篤彦はぼんやりと眠っている出を見下ろした。

篤彦の膝に頭を委《ゆだ》ね、安らいだ息を吐くその顔が、篤彦に切ない思慕を呼び覚ました。

篤彦は注意深く出の身を抱き起こし、額や頬に口づけた。

血の通った温かさ、滑らかな感触を、刻みつけるように強く抱きしめた。

「先生……」

うっすら開いた目が篤彦を見上げて、まばたきした。

「やっぱり来たんだね…」

「オレを無視して、勝手なことするなよ」

「もう会わない方がいいって、思ったのに…」

唇を噛みしめ、出はものうげに身を起こした。

「本気なの？」

篤彦の問いかけに、出はこくんと頷いた。

「それが一番いい、って僕も思う…」

「お母さんは君を待ってるよ」

出の顔を覗きこむようにして、篤彦は囁きかけた。

「麻路さんとも別れたし、君と一緒に一からやり直すつもりでいるよ」

「いいんだ」

出は、どこか冷めた口調でいった。

「僕はいなくなるワケじゃないし、長生きした方がママも喜ぶだろ」

「ホントにそう思う？」

「先生は？　僕が一番気にしてるのは、先生のことだよ」

篤彦は自分の胸に問いかけてみた。眞斗は実体を失い、魂だけが出に宿る。出は自我を失う代わりに、眞斗の生命力を得る。いったいどちらに生きる価値があるだろう？

どちらにもない。それが篤彦のだした結論だった。

「オレが愛しているのは、今の君だよ。他の誰でもない」

「僕だって」

出は焦れたように顎を上げ、まっすぐ篤彦を見つめた。

「このまま、ずっと先生と一緒にいたい。だけど、無理なんだ。僕は、僕は…そんなに長く生きられないし、そしたら、先生はまた同じ悲しみを味わうことになるんだよ」

苦痛に満ちた瞳がみるみる潤み、涙が溢れだした。

「その時は、僕と眞斗君をいっぺんに失ってしまう。もう誰も呼びだしたりできない。それでいいの？　僕はイヤだ！　だったら、眞斗君になって先生に愛された方がいい！」

悲痛な叫びが篤彦の胸を絞り、悲しみの淵に突き落とした。

「出……！」

篤彦は強く出をかき抱き、頬ずりし口づけた。

「もういわないで、決めたんだから。これでいいんだって、先生も思って！」

篤彦の胸にむしゃぶりつき、出は自ら唇を求めてきた。

熱く溶け合う感触に溺れて、二人は果てることなく長いキスを交わした。

「先生…先生……」

涙にくぐもった声が、密着する隙間から洩れた。

「愛して、いっぱい。そしたら…もう何も思い残すことない」

8

体感温度が狂っていたのか、それとも眞斗のはからいだったのか、裸になっても寒さは感じなかった。

古びた雨戸を叩きつける風の音も、ただのBGMに過ぎなかった。

淡い光と心地よい静寂に包まれ、彼らは外界とは遮断された異次元の空間にいた。

変色した畳の上にコートを広げ、篤彦は出の身体をその上に横たえた。

すぐに出の腕が伸びて、篤彦の首を引き寄せた。導かれるままに身体を重ね、キスを交わし、手に触れるところすべてを慈しみ愛撫した。

指が互いの胸をさぐり、切ない疼きを確かめあった。

欲望よりもつのる恋しさが、互いを求めずにいられなかった。

快感が昂るにつれ、終わりたくないと願う気持ちは強くなった。このまま、何も考えずに底なしの歓びに浸っていれば、時間が止まり永遠に二人だけでいられる気がした。

抱き合ったまま凍え、眠ったように息を引きとり、この家と共に朽ちはてていく。

それでもいい、と篤彦は思った。出も思いは同じだった。

彼らはそれぞれの母を思い、それはできないと悟った。

今は何も考えず、このひと時に耽溺するよりなかった。

篤彦は出の身体を押し広げ、丹念な愛撫を施した。

そこはもう腫れてはいなかった。あの時よりも艶やかに濡れそぼり、呼吸するように篤彦の指を呑みこんでは吐きだした。

狂おしいキスと愛戯に晒され、出は唇から「ああ…ああ…」と妙《たえ》なる音色を洩らし、身を震わせた。終わりたくないと思っても、それ以上の愛撫には耐えられそうもなかった。

「先生…欲しい……」

「オレも欲しいよ」

篤彦は出の膝をそっと持ちあげ、すでに限界まで昂ったものを近づけた。

出は腕を畳に伸ばすと、丸まっていたジーンズのポケットを探った。

「これ…」と、差しだされた包みを見て、篤彦はクスッと笑った。

「この前の？　物もちがいいね」

「一度麻路に盗まれたけど、眞斗君がとり戻してくれたんだ」

なるほど。篤彦は快くそれを受けとり、ピンクのパッケージを引き裂いた。

「一応ね、もう…僕の身体じゃなくなるから」

「……」

出の眞斗への思いやりは、篤彦の胸を重くした。

篤彦は黙したまま、事務的にそれを装着し、出の求めるところへあてがった。

「楽にして、口で呼吸するんだよ」

誠実な医師の呼びかけに従って、出はゆっくり息を吐き、全身の力を抜いた。

篤彦は、出の腰を膝で支えるようにして引き寄せた。

先端にわずかな抵抗を感じただけで、そこはするりと篤彦を呑みこんだ。

「ううっ……！」

進入の圧迫感に負けて、出は苦悶の呻きを上げ、前屈みになった篤彦の肩を摑んだ。

篤彦は動きを止めて、出の背中を抱き寄せた。

「痛い？」

出はふるふると首を振り、切なげな息を吐きだした。

「痛くない…感じすぎて苦しい…」

「なら、少しずつやろうね」

出の様子を見守りながら、篤彦は慎重に腰を沈めた。きしむように入ってきたものが、出の繊細な粘膜を擦り、迸るような熱さが押し寄せてきた。

「あっ、あっ、先生…やめて」

出は眉根に皺を寄せて哀願した。

その様子を見て、篤彦は浮いた背中をもう一度コートの上にくつろげた。

「ごめん……」

出はため息と共に洩らした。

「苦しい？」

「ううん…なんかヨすぎて、すぐイッちゃいそうだから…」

「実は…オレも必死で我慢してるんだ」

額をくっつけ合って、二人は笑った。

早く終わらせたくない、共通の願いがそれ以上の密着をためらわせていた。

接合したところから熱い疼きがこみあげ、ぎりぎりのところにとどまっていた。

「少し、このままでもいい？」

出の言葉に頷き、篤彦は胸を合わせてその感覚に酔いしれた。

「気持ちいい…。いっぱい先生を感じる」

「オレも…出に包まれてる気がするよ」

「なんだか…先生に乗り移られたみたい」

だったらよかったのにな。そういう代わりに、篤彦は出の唇を塞いだ。

すぐに可愛い舌先が伸び、さえずるように篤彦の舌を探る。

両の手が互いの髪や頬を撫で、その感触を指先に刻みつける。

「大好きだよ、出……」

「僕も……。先生に会えて嬉しかった」

「約束する。君が誰になろうと、オレの気持ちは今の君だけのものだ」

「先生……」

出は涙を隠すように篤彦の首を引き寄せ、熱く口づけた。がむしゃらにその身を抱き、キスと抱擁をくり返すうちに、思いとは裏腹の欲望が押し寄せ、何もかもを奪いさった。

最後の時が迫っていた。

彼らは夢中で求め合い、涙に溺れるように果てていった。

「さよなら、先生……忘れないで」

篤彦の痺れた耳を、出の囁きが撫でた。


篤彦はしばらく放心したように、風の音に耳をすませていた。

寒さがチクチクと肌を差し、篤彦を現実に連れ戻した。

隣には、裸で横たわる出がいた。瞼をぴっちり閉じ、呼吸すら忘れたように完全に意識を消滅している。まるでクローンかロボットのような姿に、篤彦は改めて強く打ちのめされた。出はすべてを捨てて、眞斗を待っていた。

篤彦はそれまでの出を見とり、ハンカチでその身を拭い清めた。

うちひしがれている場合ではない。

シーツ代わりにしていたコートの袖に出の腕を通し、前を合わせてベルトを結んだ。多少なりとも寒さはしのげるはずだ。それから、自分の衣服を手早く身につけた。

すべての準備を整えると、篤彦は大きく息を吐いて眞斗を呼びだした。

左の指を合わせただけで、待ちきれなかった瞳がぱっと見開いた。

「ずいぶん、時間かかったね」

眞斗は篤彦の指を強く摑むと、すみやかに上体を起こした。

「たっぷりイカせてやった？」

やはり面白くはないのか、眞斗は明らかにふてくされていた。

「報告の義務があるのか？」

「今回は、紳士的に見ないようにしてたからね」

「一回だけ」

凝縮《ぎょうしゅく》した一回。あんなセックスは、二度とできない。

胸で嚙みしめても、どうせ眞斗は聴いている。聴くなら聴けと篤彦は思った。

「許してやるよ。どうせすぐ忘れる、オレとやってるうちに――」

「お前とはしない」

眞斗はあっけにとられて、篤彦の顔を見た。

「なんだよ、それ？」

「お前は抱かないといったんだ。出にもそう約束した」

「篤ちゃん……?」

たちまち、眞斗の血相が変わった。

「ひでえよ、そんなのアリか? チキショー、人が見てないと思って…」

「お前は弟だ」

きっぱりいって、篤彦は眞斗の前に正座した。

「たとえ姿が変わっても、お前はオレの弟だ。オレは二度とお前を抱いたりしない」

「オレを愛してるっていったじゃないか!」

「愛してるよ、兄として」

眞斗は絶句して、篤彦の顔を見すえた。その顔がみるみる子供のように歪んでいくのを、
篤彦は苦しく見守っていた。

「許してくれ!」

いうなり、篤彦は眞斗の前にひれ伏した。

「頼む眞斗、成仏してくれ――」

「篤ちゃん……」

苦痛に満ちた瞳から、たちまち大粒の涙が溢れた。

篤彦はもう逃げなかった。眞斗の顔を見つめ、けんめいに訴えた。

「オレはひどい兄貴だった。お前の気持ちを弄んで、この世に未練を与えてしまった。でも、わかってくれ。オレはまだ生きている、生きていれば気持ちも変化するんだ」

「オレより出がよくなったのか…？」

「そうじゃない、お前は今もかけがえのないオレの弟だ。その気持ちは変わらないよ。だから正直にいう、オレは出を愛してる。心も身体も出しか求めてない」

眞斗はひくひくと鼻を啜りながら、恨みがましい目で篤彦を見下ろしていた。

「求めたって無駄だ。どうせ、たいして長くは続かないんだ！」

「無駄じゃない」

篤彦は決然といった。眞斗の怒りに触れ、殴り殺されても構わなかった。

「出に残された時間がひと月だろうが一日だろうが、オレは悔いなく添いとげる。決して、お前の時のように未練がましい真似はしない。燃えつきるまで、そばにいてやる」

「本気なの……？」

「ああ、本気だ。その時、お前が望むなら、二人でお前のところへ行ってもいい」

「篤ちゃん…」

眞斗は泣きながら、問いかけた。

「どうして、オレに…会いに来たの？」

「お前の死の真相をつきとめたかった、それだけだ」

不意に時間が止まったかのように、沈黙が二人を包んだ。

篤彦は顔を起こし、眞斗の頰に手を伸ばした。

「でも、もう訊かないよ。お前の死を受け入れる覚悟はついた」

「もうオレに会えなくてもいいんだね…？」

篤彦はゆっくり頷いた。

「それが運命なら、仕方ないと思う」

「出の運命も、オレが変えちゃいけないってこと…？」

「そうだよ」

篤彦はまっすぐ眞斗を見つめた。

眞斗は篤彦の握った手にそっと口づけると、静かに膝に戻した。

「出は早死にしないよ」

「え……？」

眞斗は涙を飛ばすように、ふっと鼻で笑った。

「あいつの寿命を縮めてたのは、抑圧だよ。親の圧力と交霊の仕事が、エネルギーを消耗させてたんだ。普通に生活して愛情たっぷり注がれれば、すぐに元気になるよ」

「だって…お前、出の死期を知ってるんだろ？」

「嘘だよ、そこまで調べる能力はない。そういえば、乗ってくるかと思ってさ…」

「……」

篤彦は呆れて、苦笑する眞斗を見つめた。眞斗はもう泣いてはいなかった。

「やっぱズルいことはできないな、篤ちゃんの愛に負けちゃったもんな」

「成仏してくれるのか…？」

「他に方法ないもん」

眞斗は肩をすくめて笑った。

「ママに、テッドと再婚していいよって伝えて」

そういうと、眞斗は右腕を広げて篤彦の肩を包んだ。

「バイバイ、兄貴。元気でな」

「ありがとう、眞斗……」

涙を隠し、篤彦も片腕でその身をきつく抱きしめた。

さよなら、大好きな兄さん――。

左の指がひとつずつ外され、眞斗の声が遠のいていった。

9

初日《はつひ》の出《で》は、車中で拝むこととなった。

篤彦がクリニックの前に車を止めると同時に、母屋から咲子が飛びだしてきた。運転席を降りたところで、篤彦はびっくりして突進してくる彼女を受けとめた。

「篤彦君——！」

咲子はまだ外出着のままで、いきなり篤彦の胸にしがみついた。

「よかった、ああよかった、もう帰ってこないかと思った！」

初めてのことにうろたえながら、篤彦は彼女を見下ろしていた。

「どうして…？　そんなワケないだろ、なんで帰ってこないなんて…」

「わからない。でも、初詣から帰って貴男がいなくなってるんだもの、急に胸騒ぎがして…ひょっとしたら、篤彦君までどこかへ行ってしまうんじゃないか、ひとりぼっちになっちゃうんじゃないかって、そう思ったら恐くて心細くて——」

「バカだな、ママはたった一人の家族だよ。置いていくワケないじゃないか」

安心させるように背中を撫でながら、篤彦はやっと、ママと本当の母子になれた。そんな喜びに包まれて、不思議な感動を覚えていた。

「でも、悪くないね。ママに抱きしめられるってのも」

咲子は「ばか」といって、照れたように篤彦の胸を押しやった。

「あんまり親を心配させないでよ、この不良息子」

彼女の笑顔を見て、篤彦も「はいはい」と笑い返した。

「新年早々、お客さんを連れてきたよ」

助手席のドアを開けると、出が少し困惑した様子で、おずおずと車を降りてきた。咲子の顔はぱっと花が咲いたように輝いた。

「あらまあ、あらまあ！」

歓喜の声を上げて、咲子は篤彦のコートをはおった出を抱きしめた。

「よかったわ、お母様も心配してたのよ。いったいどこにいたの？」

「野っぱらで狐と遊んでたのを、つかまえてきたんだ」

篤彦は茶化していった。

「すみません…ご心配かけて」

出は消え入りそうな声でいった。

「いいのよ、戻ってくれればそれでいいの」

咲子はにっこり微笑んで、出の髪を撫でた。

「おお寒。話は中でしましょう。とにかくゆっくり休んで、それからお母様もお呼びして、お雑煮でも食べてお祝いしましょうよ」

「ママ、うちは喪中《もちゅう》だよ」

苦笑する篤彦を見て、咲子は「いけない」と首をすくめた。

「そうだったわね、でも眞斗も一緒にお祝いすればいいんじゃない？」

訳知《わけし》った顔を見て、篤彦は笑わずにいられなかった。

午後には昌子も現れ、ささやかながら新年の宴《うたげ》が催された。

二つの家族はすぐに打ちとけ、旧知の仲のように話が弾んだ。

もちろん眞斗のことや交霊の話題は、暗黙の了解のように誰の口の端にものぼらなかった。

パパに会いに行ったんだ、という出の言葉を、昌子は「そうなの」とあっさり受けとめ、それ以上を追求しなかった。


翌日の二日、昌子は突然警察からの電話で召喚《しょうかん》された。

「後をお願いします」

そういって出を咲子に託すと、昌子は潔《いさぎよ》くでかけていった。

「ママ、僕いくらでも証言するからね」

出の呼びかけに応えて、昌子は「大丈夫」と大きな胸を張った。

「あんたを、法廷に呼びだすような真似はしないわよ」

出は篤彦と共に不安を抱えて、午後を過ごした。

すべてが徒労《とろう》とわかったのは、テレビで夕方のニュースを見た時だった。

指名手配中の結婚詐欺師《さぎし》が逮捕されたという報道に重なり、容疑者の写真が映しだされ、茶の間にいた二人は、あっと同時に息を呑んだ。

本名、佐藤なにがしと称する男ののっぺりした顔は、まぎれもないホセ・麻路その人だった。以前、騙した女性の元に潜伏していたところを、その女性の通報によって逮捕されたのだ。

麻路には、過去に数回の結婚歴と詐欺横領の前科があった。全国津々浦々《つつうらうら》で、フラメンコを踊りながら、寂しい小金持ちの独身女をくどいては騙し、逃げ回っていたらしい。

「こういう男は超自信家だから、一度騙した女のところにも平気で逃げこむのよ」

憤慨する咲子を尻目に、篤彦と出は顔を見合わせて沈黙した。

「女をバカにして。おとり捜査って、考えてもみないのかしら」

実際、麻路は軽率だった。昌子からくすね盗《と》った金《きん》ののべ板をごっそり抱えて、お縄になったのだ。

警察の取り調べを受けて、麻路はあっさり金《きん》の持ち主の名前を吐いた。

担当の刑事は、昌子に横領品を確かめさせた上で、こういった。

「まったくイカれた男ですよ。ああいうのを口先三寸《くちさきさんずん》っていうんですかね。奥さんが、十代の息子に霊媒をさせて、たっぷり稼いでいたなんていうんですから」

もちろん、警察が詐欺師のいうことを真に受けるはずはなかった。

その夜、出は初めて眞斗の部屋で眠った。

眞斗はもう現れない。車中で篤彦と左手を握り合っても、何も起こりはしなかった。

さすがに眞斗の部屋で、先生と愛し合うような真似はしなかったが、咲子の留守に、クリニックのカーテンの中で、ほんの少しじゃれ合うことぐらいはできた。

それで十分だった。もう、なんの気がねもなく傍にいられるのだから。

眞斗のベッドの中で、出は室内を見回した。

輝かしい戦歴を誇るトロフィーの山、それらを掲げてニッコリ笑った写真のパネル。

生前の眞斗に囲まれ、眞斗の匂いの残る毛布に包まれて、出は耳をすませた。

おいでよ――。

かすかな呼びかけにも、眞斗は反応しなかった。ただ自信に満ちた笑顔の写真だけが、出を見つめているばかりだった。

君は、こんなにもカッコよく素敵で、希望に溢れてたんだね――。

「ごめんね」

出は小さく呟いた。

君の望みを叶えてあげられなくて。でも、やっぱり僕は僕のまま生きていてよかったって、思ってる。

お前の人生はお前のモンだよ――。写真の眞斗が語りかけた気がした。うん、と出は頷いた。

君の分まで、精一杯生きるよ。

10

寒い冬も過ぎ、春が近づいていた。

出は卒業式を終えた翌日から、紀ノ本クリニックでアルバイトを始めた。

同時に専門学校に通い、スポーツ整体の資格を取ろうとはりきっていた。

昌子は心機一転、駅前のスーパーに勤めだし、今までの経験を生かしてパートのおばちゃんたちの良き相談相手になっていた。

「とりあえず住む家と蓄《たくわ》えはあるんだし、出が自活するまでは切りつめて生活するわ」

たくましく宣言し、ダイエットもかねて、またフラメンコを習い始めた。そのうち、また懲りずにボーイ・フレンドを作るだろうと、出は達観していた。

咲子はクリニックに人手が増えたことに気をよくして、以前よりひんぱんにテッドとデートするようになった。

日増しに若やいでいく咲子を見て、入籍も近いだろうと篤彦は踏んでいた。とりあえず、眞斗の一周忌が過ぎてからだ。

その日を間近に控え、お墓参りはいつにしようかなどと話し合う頃になって、一人の若者が紀ノ本家を訪れた。

たくましい体格の金髪のハンサム・ボーイは、たどたどしい日本語で「ヒュー・ベネットです」と名乗った。彼はイギリスの若手テニス・プレーヤーだった。

「ヒューに謝って欲しい」と眞斗にいわれたことを、篤彦は思いだした。

ツアーで忙しくてなかなか来られなかったが、ぜひマナトに花を手向《たむ》けたいといわれ、篤彦は快くヒューを迎え入れた。

「僕も貴男にお会いしたかったんです」

ヒュー・ベネットは花束を抱えて座敷に入ると、いく分ぎくしゃくしながら仏壇の前に正座し、花を供えて手を合わせた。

「誰？　すげえイケメン――」

ちょうど咲子がデート中で、受付を任されていた出が、暇に飽かせて顔をだした。

「眞斗の友達、テニスの選手だよ」

興味津々の顔を見て、篤彦はちょっと面白くなかった。

「へえ、眞斗君のカレシか」

そうなのか？　篤彦は急に落ちつかなくなった。そういえば、この男はイースト・ボーンで眞斗とケンカしてるんだ。

篤彦は少し身構えて、ヒューに呼びかけた。

「正座はきついでしょう？　こちらでお茶でもどうぞ」

ヒューは「では」と長身の身体を折り曲げるようにして、リビングに移った。

「僕はイースト・ボーンで、マナトと同じホテルに泊まっていました」

片言の日本語と英語の混じった言葉に、篤彦は耳を傾けた。

「貴男と口論をしたと弟はいっていました、とても反省していたようです」

そういうと、ヒューはぎくりと身を強張らせた。

「どこで聴いたのです？」

説明するのは厄介だ。まして英語となると、とても歯がたたない。口ごもっていると、いつのまにか出が現れて、「ハロー」とにこやかに挨拶した。

「ハロー、君はマナトの弟？」

「ノー、ヒズ・パートナー」

篤彦を指し示して、出はちゃっかりヒューの隣に座った。

「オー」としたり顔で頷くヒューを見て、篤彦は大いに冷や汗をかいた。

「何がパートナーだよ、受付はどうした？」

「ノープロブレム、〝臨時休診〟の札だしてきた」

勝手な真似を…。苦々しい顔の篤彦を尻目に、出は積極的に会話に参加しだした。

「僕が呼びだしたの」

「ハ……？」

「僕がマナト君のソウルと会話して、聴いたんです」

ヒューの青い目が、まん丸に見開かれた。

「トライしてみる？」

そういって、出は左の腕を差しだした。

「ギブ・ミー、ユアレフトハンド」

「できるのか…？」

篤彦は焦って出を見た。

「わからない。もし眞斗君に来る気があれば、できるかも」

無理だ。篤彦は目の前の展開にうろたえた。

あれから、出はすっかり霊能力を失っている。眞斗だって、成仏した以上おいそれとは現世に戻ってこられないはずだ。

ヒューは面食らったように瞬きしながら、出の顔を見つめている。

出は臆することなく、「左手を出せ」とくり返した。

驚いたことに、ヒューは何も意を唱えることなく左手を差しだした。

そうか…。遅ればせながら、篤彦は気づいた。

自己催眠に入ってるんだ。単純な人間なら、出に見つめられただけで、すぐにその状態に入ってしまうんだ。

出はゆっくりと、ヒューの筋ばった長い指にほっそりした指を絡めていった。

「思いだして、眞斗君を……」

リメンバー・マナト、と出は低くくり返した。

ヒューは瞼を閉じ、出の声に誘われるように無我の境地に落ちていった。

思いがけず、他者の交霊シーンを傍観するハメになり、篤彦はヒューの状態が伝染したように言葉を失い、椅子に釘づけられていた。

しばらくは何も起こらなかった。二人は手を握り合ったまま、じっと瞼を閉じていた。

やがて、ヒューの左手がぶるぶる震えだし、額《ひたい》に汗が浮きだした。

日に焼けた頬が青ざめ、震える唇から呻くように言葉が吐きだされたが、篤彦に理解できたのは、「ノー」と「ソーリー」だけだった。

出は微動だにしなかった。細い眉をきっと引き締めたまま、無言でヒューのわななく手をしっかと握りしめていた。

ヒューの額に太い青筋が浮かびあがり、形相が苦悶に歪んだ。涙ながらに「マナト、マナト」と呼ぶ声に詫びの言葉が重なり、悲鳴のように大きくなっていった。

篤彦の背中に戦慄が走った。

まさか——。

ひょっとして、この男が眞斗を死に至らしめたのか？

今や、ヒューはおこりにかかったように全身を震わせていた。テーブルがカタカタ音を立て、ティー・カップがソーサーの上で踊った。

もう限界だ。これ以上続けたら、ヒューの血管は破裂する。

「やめろ出、やめるんだ——！」

叫んだとたん、ヒューは弾かれたように椅子から立ち上がった。

勢いのままに出を引っ張りあげ、ひしと抱きしめると、いきなり出の唇にぶちゅっと熱烈なキスをみまった。

「わーっ——!!」

文字通り、篤彦は血相を変えた。大慌てで二人の間に飛びこみ、ティー・カップが床に弾けるのも厭《いと》わず、必死で出をひきはがし胸に抱きこんだ。

二人の手が離れ、ヒューはその勢いで後ろによろけ、どすんと椅子に倒れこんだ。

その様子を伺いながら、篤彦は出を引きずるようにしてリビングの隅に避難した。

ヒューは青い目を宙にさまよわせたまま、ぜいぜいと肩で苦しい息を吐いていた。

「彼が最初に見つけたんだ…」

篤彦の腕の中で、出は息切れしながらいった。

「え……？」

「眞斗君の遺体…彼が第一発見者だったんだよ」

11

ヒューは我に返ると、恐縮しながら早々に紀ノ本家を立ち去った。

しきりに出の方を気にしながら帰っていくヒューを見て、篤彦もまた、胸のうちで彼を疑ったことを詫びていた。

「眞斗は来たの…？」

「さあ…キスしたとこみると、最後には来たんじゃないの」

他人事のようにあっさりいわれて、篤彦は過去の自分を棚に上げて憤慨した。

「クソ、もう二度とやるな。よくない仕事だ」

ヒューの苦々しい顔を、出は可笑しそうに眺めた。

「彼の記憶を確かめたら、全部わかったよ」

診療室のカーテンに閉ざされたベッドの上で、篤彦はことの真相を聴かされた。

ヒューは夜中に、眞斗の部屋を訪れた。それが可能だったのは、眞斗の部屋のキーを持っていたからだ。前夜に口論したあげく自室に戻ったものの、ポケットにはまだキーが残されていた。もう一度話し合い、お互いにいい関係を保ちたい、とヒューは考えた。

ノックをしても、眞斗はでてこなかった。もう寝てしまったのかと、キーを差しこみドアを引くと、そこには変わりはてた眞斗の姿があった。

ドアノブにかけたタオルで首を吊り、息絶えた姿以上にヒューにショックを与えたのは、眞斗が何も身につけていなかったことだった。

恋人のこんなあり様を見せつけられるのは、あまりに耐えがたかった。同時に、ヒューは自分が遺体の発見者になることが、どれほどのリスクを背負うものかに気づき、青ざめた。

まず、殺人の容疑者としてトップにマークされるのは間違いなかった。身の潔白が証明されるまで、警察は執拗に尋問し、二人の関係を暴きだすだろう。スキャンダルとして報道されれば、自分の将来はないに等しい。

ようやくプロとして注目され始めたばかりなのに、一夜にして夢も栄光も奪われてしまう。ヒューは前夜に自分がそこにいた痕跡を消し、眞斗の遺体にパジャマを着せつけると、キーを部屋に残して立ち去った。そして、一切の口を閉ざした。

罪の意識に苛まれたものの、二人の関係を知る者はなく、疑われることはなかった。

「やっぱり、前夜の口論が引き金になったのか…」

篤彦は幅の狭い長椅子に寝そべり、白衣の上に出を抱きしめていた。

「うん…直接の動機じゃないけどね」

いいにくそうにいい、出は篤彦の胸に顔をすべらせた。

「どうしても知りたい、先生…？」

「知りたいよ、そりゃ…」

「絶対、お母さんにいったらダメだよ」

念を押す顔に、篤彦はしっかり頷いて見せた。

「あの二人はライバルだったんだ、キャリアも実力もほとんど互角で」

「うん、ジュニア・トーナメントでも、すごい死闘を見せてたよ」

「僕にはよくわかんないけど…そういうものすごい戦いを共有すると、憎しみよりも、むしろ絆が強くなるんだって。あの二人の場合は、熱愛に発展しちゃったらしいけど」

篤彦はビデオで見た、眞斗とヒューの熱戦を瞼に再生した。確かに、あの執拗な攻めぎ合いは、どこかサディスティックでエロチックなものを感じさせた。恐ろしく緊迫した糸につながれた、何人《なんぴと》も立ち入ることのできない二人だけの空間を築いていた。

「たぶん、その試合だと思うけど、眞斗君はその日のうちにヒューの部屋に来て、結ばれてるんだ。話さなくても、顔を合わせたとたんに燃えあがって、セックスに突入してる」

「すげえな…」

あれだけ白熱した試合の後に、まだそんなパワーが残ってるとは。篤彦はしみじみ感嘆した。やはり、秀でた才能の持ち主には、常人には与《あずか》り知れない情念があるらしい。

「眞斗君、僕にもいってたけど、かなりそっちの方は好奇心旺盛だったみたい」

「うん……」

頷きながら、篤彦は赤面せずにいられなかった。弟にそんな一面があったとは、今となっては想像もつかない。

「先生、オート・セックスって知ってる?」

「なに?」

唐突に訊かれて、篤彦は面食らった。

聞いたこともない、なんだそりゃ?

十八歳に呆れられて、篤彦はますます身の置き所がなくなった。

「何も知らないんだね」

「自分で自分を弄ぶ方法。器具とか使って…。マスターベーションの一種だけど、アメリカじゃ、今や社会問題になってるんだ。それで死んじゃう人が多いから。僕が交霊した中にも一人いたよ、それでちょっと調べてみたの」

最も深刻なケースは、自分で首を締める方法だという。首を締めると、ある種の人間にはたまらない快感が得られ、マゾヒスティックな悦びに浸れるらしい。

「危険なのは、やりすぎると死に至る場合があるからさ。女性用の下着を着けてクローゼットにぶら下がってた人とか、家族はたまんないよね。偽装工作して、後でバレることも多いんだって。専用のベルトとか手錠とか、わんさかでてきちゃったりして――」

淡々と語る出の顔を、篤彦はなかば放心して眺めていた。

「眞斗のケースもそれだっていうのか…？」

「たぶん」といって、出は目を伏せた。

「ヒューは前日に、眞斗君からそういうことをしよう、って誘われてるんだ。つまりＳＭごっこ、ってことだけど…。なんだか、色々オモチャも持ってたみたい」

ヒューの記憶から確かめた場面を、出は順を追って思いだしていた。

「そんなもの、何もでてこなかったぞ。眞斗の所持品からは」

「だから、ヒューが全部持ちかえって処分しちゃったんだよ」

「……」

「それが口論の原因。ヒューは変態的なセックスはしたくなかったんだ」

「それで…自分で試したのか」

篤彦はしばし唖然《あぜん》として、清潔きわまりない白い空間に視線をさまよわせた。

「裸で、タオルを首に巻いて、いったいあいつ何やってたんだ…？」

「それ以上いわせる気？」

出は唇をひき結び、沈黙した。

なんということだろう――。篤彦は、この世の無情を呪わずにいられなかった。

なんの悩みも障害もなく、人はそんな馬鹿げたことで命を断《た》ってしまうのか。

「クソ……！」

怒りの持っていき場がなく、篤彦は出の身を引き寄せ、その胸に顔をうずめた。

悔しさか悲しさか、それとも怒りなのか、わからぬままに涙が勝手に溢れだした。

出は篤彦の首を抱き、何もいわずにその髪を撫でていた。

「そんなのってアリか？　そんな突発的な行動で…眞斗の、それまでの努力も輝かしい未来も水の泡か…」

「深刻な悩みが、あった方がよかった？」

篤彦は瞼を閉じて、その問いに身を沈めた。

わからない。いくら考えても、答は掴めなかった。

ただ、漠然と人の愚かさを悟り、運命が時としていかに残酷なものかを感じていた。

眞斗は自ら命を断った。

しかし、その死が、決して不幸なものではなかったことは確かだ。

たとえその行為は愚かでも、眞斗はきっと幸福の絶頂で神に召されたに違いない。

「だーれ、臨時休診なんて札だしたのォ――？」

クリニックの入り口から、咲子の元気な声が聴こえてきた。

慌てて身を離しながら、篤彦は瞼を拭い、出に微笑みかけた。

「ありがとう、これで楽になったよ」

眞斗の死にまつわる呪縛から解放され、気分は不思議なほど穏やかだった。


五月。

眞斗の一周忌を迎えた墓前で、咲子はテッドとの再入籍を報告した。

彼女自身は再婚に二の足を踏んでいたが、思わぬ事態に、急な決定を余儀なくされたのだった。咲子のお腹には、新しい生命が宿っていた。

「ごめんね眞斗、元パパともう一度やり直してみることにしたわ」

テッド岡崎は咲子と共に墓前に手を合わせ、亡き息子に「お腹の子を悲しませることは決してしない」と誓った。

若い頃はずいぶんと浮名《うきな》を流したテッドも、四十も半ばを過ぎ、最愛の家族と落ちついた生活を望むようになっていた。

咲子の妊娠に再婚をためらう理由はなくなり、テッドは狂喜してその事実を受け入れた。

咲子は四十二歳にはなっていたが、初産ではなかったので、心身ともに安定していた。

月が満ち、翌年咲子は女の子を出産した。

病室で〝眞奈《まな》〟と名づけられたその子と対面し、篤彦は大きな歓びと気恥ずかしさを、同時に噛みしめていた。

「参ったな、二十六にもなって妹ができるとは」

咲子から手渡された小さな赤ん坊を腕に抱き、篤彦はしきりに照れまくった。

その子の顔を覗きこみ、隣にいた出は思わず歓声を上げた。

茶色がかった大粒の瞳、きりっとした唇は生前の眞斗にうりふたつだった。

「出君も抱いてやって」

咲子に請われて、出は篤彦の手からおっかなびっくり赤ん坊を受けとった。

にわかカメラマンと化したテッド岡崎は、有頂天で様々なアングルから可愛い娘のファースト・ショットをフィルムに収めていた。

ふわふわした温かい感触に包まれて、出は言葉にできない幸福感を噛みしめていた。

「ねえ、眞斗にそっくりだと思わない？」

「まるでコピーだね」

咲子の言葉に、篤彦は深く同意した。

「そっくりなのは、顔だけじゃないぞ」

シャッターを切りながら、テッドが弾んだ声を上げげた。

「その子の手を見てみろ、眞奈は生まれながらの天才テニス・プレーヤーだ！」

いわれて、篤彦は赤ん坊のお菓子のように小さな右手をつまんだ。

その親指の付け根に、ぷくんと膨れたグリップだこを発見して、篤彦は息を呑み、出と顔を見合わせた。同じ思いがその目に宿り、確信にまたたいた。

「いいわね、マナちゃん。お兄ちゃんが二人もいて」

咲子の声に反応したように、出の手の中の赤ん坊が首を動かした。

じっと出を見あげた愛くるしい瞳が、不意に細くなった。

まだ何も見えないはずなのに、赤ん坊は何かを訴えるような眼差しで、口許をかすかにほころばせていた。

「笑った、笑ったぞ！」

テッドは歓びに舞いあがり、立て続けにシャッターを切った。

「もう…親バカなんだから」

呆れる咲子の顔も、母としての歓びに満ち溢れていた。

小さな手のひらが、篤彦の人指し指をそっとくるんだ。

胸に伝わる確かな心音を確かめながら、出は眞奈に微笑みを返した。

そして、胸のうちでそっと呼びかけた。

お帰り――。

あとがき

クリスタル文庫の読者の皆さま、はじめまして。

また、以前からの読者の方々には、お久しぶりですと申し上げます。

我ながら、本当に久々の書き下ろし長編、しかも、実力派作家ぞろいのクリスタル文庫からの初刊行ということで、嫌でも肩に力が入り、柄にもなく緊張してしまいました。

「花を買う男」を発表してから約十年、ボーイズ系の長編小説としては、この「ソウル・トライアングル」がちょうど十冊目の本となります。

改めて数えればいかにも寡作ではありますが、その間にアンソロジーを一つ、雑誌の中編を五、六作と、個人誌で長・短編を一作ずつ、加えて細々とですが映画評の仕事も続けてきたことを思えば、それなりに充実した十年ではなかったかと思います。

さて、記念すべき（？）十作目は、今までいたって現実的な話ばかり物して参りました有田としては異例の、非現実的なオカルト・ストーリーです。

とはいえ、もともとSFや超常現象にはとんと疎い私め、霊を描くといってもおどろおどろしい幽霊話のたぐいにはならず、現れる霊もいたって現実的で生きている人間よりも身勝手で享楽的だったりします。他人の身体を借りて、ちゃっかりイイコトしたりするのですから、読みながら思わず呆れたり、笑ってしまわれることもあるかもしれません。

「死」は、とかく読者の皆さまには敬遠されがちなテーマですが、人生において、決して避けては通れない関門でもあります。死者とのつながりを前向きにとらえることで、悲しみや苦痛は時間とともに乗り越えられるのではないかと、作者は考えています。

ラストの二頁を読めば、第二部のタイトル「弟の帰還」の本当の意味を理解して頂けるでしょう。そして、きっと微笑んで下さることと信じています。

そんな願いもこめて、あえて元気でワガママな霊キャラを暗躍させた本作は、有田にとってはまた初めてのファンタジー小説ともいえそうです。

栗山アニーさんとは今回で三度目のコンビとなりますが、イメージ通りのキャラは、もはや安心してお任せの域に達しております（好みのタイプが似ているのがありがたい）。ラフの段階でこちらが納得ゆくまで手直しし、一つ一つ丁寧に描き上げて下さるので、文句のつけようがありません。幻想的で美しいカバー・イラストは、とりわけお気に入りの一枚となりそうです。毎度のことですが、感謝感謝。

寡作の作者ではありますが、皆さまに忘れられない程度に今後も新たな挑戦を続けていくつもりです。その一環として、昨年より年に二回、春・秋のペースで個人誌を出しています。商業誌に書くものとはいくらか傾向は異なりますが、基本はボーイズですので、興味をもたれた方は編集部気付でお便り下さい。詳しい内容をお知らせ致します。
また、本作の感想や率直なご意見もお待ちしています。
この作品を生み出す機会を下さった編集部の皆様に、深く御礼申し上げます。
そして、最後まで読んで下さった皆さまに愛とソウルをこめて――、
ありがとうございました。

有田万里

ソウル・トライアングル　C-54

著者　有《あり》田《た》万《ば》里《り》
発行者　深見悦司
発行　光風社出版株式会社
〒112-0005 東京都文京区水道1-8-2
電話 03(5800)4451
発売　成美堂出版株式会社
〒112-8533 東京都文京区水道1-8-2
電話 03(3814)4351
FAX 03(3814)4355
印刷　大盛印刷株式会社

ISBN4-415-08831-7

クリスタル文庫

前田　栄
●冥（めいこん）婚　イラスト　桃原今日子

榎田尤利
●夏の塩　魚住くんシリーズ①
●プラスチックとふたつのキス　魚住くんシリーズ②
●メッセージ　魚住くんシリーズ③
●過敏症　魚住くんシリーズ④
イラスト　茶屋町勝呂

尾鮭あさみ
●ルヴォアール―眠らない月　イラスト　狩野モモ

かわいゆみこ
●水に映った月　イラスト　円陣闇丸

紫藤あかり
●ふつうじゃない　イラスト　明神　翼

柏枝真郷
●途上の風　イラスト　如月七生

きたざわ尋子
●たとえ何を失くしても　イラスト　赤坂ＲＡＭ

京橋ナルミ
●無実の恋　イラスト　果桃なばこ

かずなあきら
●幻影のイシュタル　イラスト　小島　榊

浅見茉莉
●冷たくて優しい指先　イラスト　あさとえいり